Les héritiers des Kamaras

MILLIE ADAMS

Les héritiers des Kamaras

Traduction française de
ISABELLE DONNADIEU

AZUR

HARLEQUIN

Collection : Azur

Titre original :
HIS SECRETLY PREGNANT CINDERELLA

HARPERCOLLINS FRANCE
83-85, boulevard Vincent-Auriol, 75646 PARIS CEDEX 13
Service Lectrices — Tél. : 01 45 82 47 47 - www.harlequin.fr
ISBN 978-2-2804-3791-2 — ISSN 0993-4448

Composé et édité par HarperCollins France.
Imprimé en août 2022 par CPI Black Print (Barcelone)
en utilisant 100% d'électricité renouvelable.
Dépôt légal : septembre 2022.

FSC www.fsc.org
MIXTE
Papier issu de sources responsables
FSC® C159065

Pour limiter l'empreinte environnementale de ses livres, HarperCollins France s'engage à n'utiliser que du papier fabriqué à partir de bois provenant de forêts gérées durablement et de manière responsable.

1.

Il était possible de mourir de honte ? Vraiment ? Morgan Stanfield n'avait jamais pris ce dicton au sérieux. Du moins, jusqu'à présent car ce soir, cachée dans un recoin de la chambre, vêtue d'un simple body de dentelle noire, à regarder son petit ami dans les bras d'une autre femme, elle se sentait proche de la fin.

Elle aurait dû savoir qu'Alex la trompait. Elle aurait dû deviner que, même s'il respectait sa décision d'attendre, sa patience avait des limites. Elle aurait dû savoir que son désir était plus fort que ses sentiments. En fait, elle aurait dû comprendre depuis longtemps qu'il ne l'aimait pas réellement.

Pour être honnête, elle s'était souvent demandé pourquoi il était avec elle. Ils n'avaient en effet rien en commun. Alex était grand et beau, avec un fascinant regard sombre, un sourire facile et un accent grec qui l'avait fait frissonner dès qu'elle l'avait entendu.

De son côté, elle était une simple serveuse. Tout ce qu'elle possédait dans la vie, elle avait bataillé pour l'obtenir. Si elle travaillait dans un bar à proximité de l'université, ce n'était pas parce qu'elle était étudiante mais parce qu'elle rêvait de l'être. Depuis des années, elle économisait chaque dollar pour s'offrir un avenir meilleur. Or, sitôt qu'elle avait commencé à sortir avec Alex, ce futur incertain lui avait magiquement semblé possible. Malgré ses protestations, il lui avait en effet donné l'argent nécessaire pour suivre ses cours. Il l'avait aussi invitée à des réunions de famille, lui avait acheté des vêtements, l'avait emmenée en vacances dans de luxueux hôtels… Et pas une seule fois, il n'avait insisté pour qu'elle fasse l'amour avec lui.

Aujourd'hui, elle comprenait pourquoi. Il n'était pas en manque, il trouvait son plaisir ailleurs.

Dévastée, elle ferma les yeux. Qu'allait-elle faire ? Elle était piégée, piégée dans la chambre de son petit ami, chez les parents de ce dernier, dans leur maison, face à un spectacle d'un érotisme intense… Oui, mourir de honte était bel et bien possible.

Sur la pointe des pieds, elle se retourna et fixa la porte menant au balcon. L'alcôve dans laquelle elle se trouvait était un peu à l'écart de la chambre, ou plutôt de la suite. Si elle rampait jusqu'à la porte, peut-être pourrait-elle s'échapper sur le balcon, ni vue ni connue.

Tant pis si elle restait coincée dehors. Elle préférait être enfermée sur le balcon plutôt qu'à l'intérieur, devant une scène digne d'un film pornographique.

Décidée, elle rassembla son courage, prit une profonde inspiration puis commença à ramper.

Ses amies avaient raison, certains hommes étaient trop beaux pour être honnêtes et les fréquenter ne pouvait que se terminer en humiliation. Bien sûr, elle n'avait pas avoué à ses amies qu'elle n'avait jamais couché avec Alex. Celles-ci n'auraient jamais compris qu'elle ne se donne pas à un homme aussi riche et beau que lui. Elles ignoraient cependant qu'elle avait une bonne raison pour rester vierge. Au fil des ans, elle avait en effet vu la façon dont les hommes avaient profité de sa mère et elle avait décidé que jamais, elle ne se soumettrait ainsi. Jamais.

Ça a bien marché, n'est-ce pas ?

Parvenue à la porte-fenêtre, elle l'ouvrit aussi silencieusement que possible puis se glissa à l'extérieur avant de la refermer derrière elle avec d'infinies précautions. Une fois sur le balcon, elle demeura en position accroupie quelques minutes, toujours mortifiée. Elle avait tellement honte…

Elle avait enfin décidé de s'offrir à Alex et voilà qu'elle le découvrait en train de faire l'amour à une autre femme… À propos, ses parents savaient-ils qu'il avait invité une femme chez eux ?

En tout cas, elle connaissait au moins une personne qui devait être au courant. À cette idée, une rage sombre se répandit dans sa poitrine. Oh ! oui, il était forcément au courant qu'Alex était enfermé dans sa suite avec une beauté blonde. Qui ? Son frère aîné évidemment, l'homme qui la détestait le plus au monde, l'homme auquel elle refusait de penser. Elle se sentait déjà suffisamment humiliée pour ne pas en rajouter une couche.

Elle jeta un coup d'œil par le garde-corps. Elle était au troisième étage. Impossible de sauter. Elle observa ensuite le balcon voisin. Il n'était pas très loin, peut-être pouvait-elle s'échapper par là. À quelle pièce menait ce balcon ? Elle tenta de repenser à toutes ses visites au manoir. Était-ce le balcon de la bibliothèque ? Ou bien celle-ci se situait-elle de l'autre côté de la maison ? Enfin, peu lui importait. Elle avait juste besoin de jeter un coup d'œil à l'intérieur pour voir si la pièce était occupée ou non.

Sa décision prise, elle se releva. Alex et sa maîtresse étaient sans doute trop occupés pour jeter un coup d'œil à l'extérieur, elle ne craignait plus rien. Dans d'autres circonstances, elle se serait sans doute mise en boule et aurait attendu que quelqu'un vienne la sauver. Malheureusement, personne n'allait la sauver ce soir, pas d'une telle humiliation. Elle allait donc devoir se débrouiller elle-même, quitte à perdre toute fierté. Et tant pis si elle tombait.

Ne fais pas ça. Si tu tombes, tu ne mourras pas, c'est de l'herbe, tu te casseras juste la jambe et ton humiliation sera encore plus grande.

Refoulant ses craintes, elle serra les dents et, sans attendre, passa une jambe par-dessus la balustrade de son balcon puis enjamba celle du balcon suivant. Elle était désormais en sécurité et, avec un peu de chance, elle n'aurait plus jamais à refaire de telles acrobaties.

Discrètement, elle jeta un coup d'œil à l'intérieur. La pièce était sombre, elle ne voyait aucun mouvement. Maintenant, il ne lui restait plus qu'à espérer que la porte-fenêtre ne soit pas verrouillée.

Ouf, elle ne l'était pas. Sur la pointe des pieds, elle se glissa à l'intérieur et réprima un juron. Elle avait abandonné tous ses vêtements dans l'autre chambre. Alex allait les apercevoir et se poser des questions. À moins qu'il les prenne pour ceux d'une autre de ses maîtresses. Enfin, peu importait, elle ne le verrait plus jamais. Ni lui, ni aucun membre de sa famille d'ailleurs.

À cette idée, une vague de tristesse l'envahit. Pendant quelques mois, elle avait vraiment cru vivre un conte de fées. Malheureusement, les rêves ne devenaient pas réalité pour les filles comme elle. Les princes charmants n'existaient pas, les fins heureuses non plus. Tout ce qu'elle pouvait faire, maintenant, c'était de sortir de cette maison, et de cette histoire, la tête haute. Son aventure était terminée.

Elle fit un pas de plus dans la pièce et sursauta en entendant un bruit, comme si quelqu'un posait un verre sur une table.

— Je ne m'attendais pas à une visite ce soir, lança une voix masculine.

Constantine.

Sous le choc, elle ferma les yeux. Il s'agissait de la chambre de Constantine, évidemment, comment avait-elle pu l'oublier ? Sa température grimpa de quelques degrés et la chair de poule l'envahit.

Il te donne chaud à chaque fois que tu le vois.

Elle ignora les réactions de son corps, comme elle se forçait à le faire depuis six mois. Constantine était un homme sombre et dangereux, il n'était pas un prince charmant.

Alex n'est pas ton prince charmant non plus.

— C'est donc toi, reprit Constantine. Je pensais bien t'avoir reconnue.

Son regard ténébreux la dévisagea, un regard méprisant, cinglant. Un regard qui la brûlait partout où il se posait.

— Je vois que tu as abandonné ta tenue de jeune ingénue, ce soir.

Si elle ne le connaissait pas, elle aurait presque pu trouver son visage neutre, voire sympathique. Malheureusement, elle le connaissait. Elle avait bien tenté de l'ignorer, depuis qu'elle avait fait sa connaissance, mais sans succès, hélas.

Six mois plus tôt, elle avait été accueillie à bras ouverts dans la famille d'Alex. Elle aimait beaucoup ses parents mais elle n'aimait pas Constantine. Par contre, il la fascinait. En quelques mois, elle avait appris à lire chacun de ses mouvements de sourcils, chacun de ses mouvements de manche, chacun de ses regards perçants.

— Ton frère est occupé.

Voilà, le moment de l'humiliation était arrivé. Elle allait devoir admettre devant Constantine Kamaras qu'elle était… Qu'elle avait été remplacée… Enfin, pas vraiment puisqu'elle n'avait jamais partagé le lit d'Alex.

C'était ton choix, Morgan, tu en es la seule responsable.

Oui, c'était son choix. Un choix né de sa peur de tomber enceinte et de finir comme sa mère. Après avoir fréquenté Alex pendant six mois, elle lui faisait tellement confiance qu'elle avait été prête à… C'était plus que l'humiliation qui la faisait vaciller désormais, c'était la découverte qu'elle s'était trompée et qu'elle n'aurait pas dû accorder sa confiance. Mais elle avait été si prudente, pendant des mois, si certaine de lui… Malheureusement, elle avait eu tort.

— Il est occupé ?

Il bougea sur sa chaise, adoptant une pose plus détendue. Elle était surprise. D'habitude, il était toujours tendu, toujours sérieux mais à cet instant, il avait l'air accessible, presque proche. Ce qui le rendait encore plus terrifiant.

Le col de sa chemise était ouvert, révélant quelques centimètres de son torse, et ses manches étaient remontées jusqu'aux coudes. Incapable de s'en empêcher, elle contempla ses avant-bras musclés avant de remonter vers son visage. Il lui faisait penser à un ange déchu avec ses yeux noirs comme la nuit et ses cheveux lissés en arrière.

Constantine incarnait tous les fantasmes qu'une fille solitaire grandissant au milieu de livres avait pu développer. Dommage qu'il la déteste. Dommage qu'il soit le frère aîné de l'amour de sa vie, dommage que l'amour de sa vie soit un vaurien qui ne méritait pas sa confiance. Et dommage qu'elle se tienne devant lui vêtue d'un simple déshabillé de dentelle !

— Quelle surprise ! Toi en petite tenue et l'homme que tu voulais séduire, occupé. Excuse-moi mais je suis obligé de te poser la question : est-ce une autre femme qui l'occupe ?

— Oui, répondit-elle d'un ton aussi détendu que possible, et je pense que tu le sais déjà.

Elle laissa tomber une épaule, et avec elle, la bretelle du body qu'elle portait, un déshabillé de dentelle qui cachait difficilement son corps nu malgré les pétales de rose placés de façon stratégique.

Une heure plus tôt, elle trouvait sa tenue sensuelle. Désormais, elle la trouvait surtout ridicule.

— Je ne connais pas l'emploi du temps de mon frère. Si je devais surveiller toutes les créatures qu'il invite dans son lit, je ne ferais rien d'autre. D'ailleurs, si j'ai eu une objection à ton égard, Morgan, c'est juste parce que tu étais une femme de plus dans la longue lignée des conquêtes douteuses de mon frère.

— Il t'aime, tu sais, reprit-elle, refusant de laisser ses mots lui briser le cœur. Pour lui, tu es l'homme le plus brillant et le plus merveilleux du monde.

— L'imitation est la forme la plus sincère de la flatterie, répondit-il en baissant les yeux vers ses mains avant de les river à nouveau à son regard. Mon jeune frère est une pâle imitation, et je pense que tu le sais.

Quelque chose dans sa voix ténébreuse la fit frissonner et elle sentit ses tétons se tendre sous la dentelle.

— J'aimerais beaucoup savoir ce qui t'amène ici, à moitié nue…

— Je… Eh bien…

Elle avala tant bien que mal sa salive. Elle allait avoir du mal à garder sa fierté.

— Je voulais faire une surprise à Alex, avoua-t-elle. J'étais dans la salle de bains en train de me changer quand il est arrivé avec… Peu importe son prénom. Mes vêtements étaient dans la chambre, je ne pouvais pas les récupérer alors je me suis échappée par le balcon et comme je ne pouvais pas descendre, je suis passée sur le balcon suivant et je suis arrivée ici.

— Voilà une histoire intéressante.

Il laissa le silence s'installer et continua à la regarder, à l'étudier de la tête aux pieds.

— Ce serait dommage de gâcher ta tenue, non ?

À ces mots, une chaleur intense s'empara d'elle. Elle avait été prête à coucher avec Alex et pourtant, elle n'avait jamais éprouvé de telles sensations avec lui. En revanche, un seul regard de Constantine et son corps était en feu.

Tu as lu trop de romans à l'eau de rose quand tu étais adolescente. Tu n'es qu'une idiote beaucoup trop naïve.

Peut-être. Elle avait eu confiance dans sa relation avec Alex et aujourd'hui, celle-ci était terminée. Bel et bien terminée. Cette prise de conscience la submergea comme une vague, implacable, inquiétante.

Il couchait avec une autre femme… Peu importait s'il avait payé pour ses cours, elle voulait juste être aimée. Enfant, elle ne s'était jamais sentie aimée. Elle n'avait jamais connu son père, et sa mère la considérait comme un fardeau. Lorsqu'elle avait rencontré Alex, et sa famille, elle avait vraiment cru trouver l'amour. Malheureusement, Alex ne l'aimait pas. À quoi jouait-il avec elle ? Elle l'ignorait, mais en tout cas, il ne l'aimait pas.

Finalement, elle n'était pas plus responsable que les autres femmes, ou que sa mère. Elle avait été prête à renoncer à sa virginité parce qu'elle pensait enfin avoir trouvé l'homme de sa vie mais il ne valait guère mieux que les autres. Et elle qui se vantait d'être capable de juger les gens… Elle qui se pensait réaliste et pragmatique… Où cela l'avait-il menée ? Nue sur un balcon. Enfin, presque nue.

Et voilà que l'homme qui se tenait devant elle était en train de réveiller tous ces fantasmes qu'elle avait tenté de refouler.

Constantine ne l'aimait pas et elle ne l'aimait pas. Malgré tout, il l'avait captivée dès la première minute. Alex était solaire, charmeur, insouciant… Constantine était l'exact opposé. Constantine était…

— Je déteste voir une femme bien habillée si elle n'a nulle part où aller.

Sa voix ressemblait à un envoûtant ronronnement. D'habitude, son ton était dur et cinglant. Ce soir, il était doux et lui faisait perdre tous ses moyens.

— Tu es très belle, Morgan.

Il la trouvait belle ? Elle était jolie, elle le savait, mais elle avait toujours considéré son physique comme un inconvénient. Ses cheveux roux flamboyants et sa peau translucide attiraient beaucoup les regards, tout comme ses yeux vert émeraude, mais pour une femme qui préférait se faire discrète, se consacrer aux études et au travail, cette attention ressemblait davantage à un fardeau.

Elle ne s'était jamais souciée de savoir si un homme la trouvait belle ou non, elle se contentait d'avancer mais, pour une raison qu'elle ignorait, l'aveu de Constantine la troublait. Profondément.

— Tu me trouves belle ?

— Oui, et je parie que tu sais que tu es belle.

— Peu importe puisque tu méprises tout ce que je suis. D'ailleurs, je ne pense pas que tu m'accordes la moindre vertu.

— Selon toi, la beauté est une vertu ?

— Non… Ce n'est pas ce que je voulais dire.

— La beauté est un vice. Si ce n'était pas le cas, je t'aurais déjà mise à la porte, mais ta beauté est un de mes péchés et quand tu surgis dans ma chambre, telle un cadeau prêt à être déballé, je suis bien en peine de résister.

— Et si je ne veux pas de toi ?

Sans jamais la quitter des yeux, il se leva et, lentement, s'approcha. Troublée, elle retint son souffle.

— Ne mens pas, chérie. Tu me désires depuis le premier jour où tu es entrée dans cette maison. Et plus je suis cruel avec toi, plus tu me veux.

Elle déglutit avec peine. Elle avait de plus en plus de mal à respirer et s'en voulait de réagir ainsi. Le problème, c'était qu'il avait raison.

Elle se souvenait parfaitement de leur première rencontre, six mois plus tôt. Il l'avait regardée comme si elle était un déchet accroché à sa chaussure dont il devait se débarrasser. De son côté, elle l'avait trouvé beau comme un dieu mais s'était félicitée du charme contagieux d'Alex, et des sentiments qu'elle éprouvait à son égard. Ils l'avaient protégée de la chaleur envoûtante du regard dédaigneux de son frère aîné qui menaçait de lui faire perdre la tête.

Ce soir, cependant, plus rien ne les séparait, plus rien ne la protégeait. Aucun sentiment pour Alex. Rien du tout.

— Tu dois savoir, reprit-il, à quel point je t'ai désirée.

Après avoir prononcé ces mots, il ne l'attrapa pas, il ne l'attira pas dans ses bras. Au lieu de cela, il tendit la main et, du bout du pouce, effleura la ligne de sa pommette. Comme s'il s'agissait d'une allumette, cette caresse l'enflamma. Ses seins se tendirent, sa température monta en flèche.

— Je savais que tu étais belle, mais je n'étais pas préparé à un spectacle tel que celui-ci.

Pourquoi son cœur battait-il la chamade ? De tels compliments sur le physique étaient faciles, ils n'engageaient à rien, elle le savait depuis toujours. Très jeune, elle avait même décidé que jamais, elle ne se laisserait influencer par de belles paroles.

Malgré tout, sa gorge se noua. Une petite voix dans sa tête lui souffla alors la banale vérité. Il n'était pas question de romance, et encore moins d'amour. Il n'était question que de désir.

Depuis le début, elle le désirait, elle ne pouvait pas le nier.

— Montre-moi, Morgan, reprit-il d'une voix rauque et envoûtante. Montre-moi ce que je veux voir.

Il voulait qu'elle se déshabille ? Elle attendit qu'il se rasseye. En vain. Il ne bougea pas, il resta debout devant elle, son regard intense, déterminé. Il était très grand, plus grand que son frère, et encore plus qu'elle. Il mesurait au moins trente centimètres de plus qu'elle. Elle aurait donc dû se sentir frêle et vulnérable. Pourtant, ce n'était pas le cas.

Captivée, elle l'étudia. Elle ne percevait pas la moindre trace de graisse sur son corps. Non pas qu'elle ait vu son corps, mais… Elle était incapable de ne pas l'observer, à chaque fois qu'elle le croisait dans la maison familiale, toujours vêtu d'un costume sur mesure mettant parfaitement en valeur ses larges épaules, son torse musclé et sa taille fine.

Ce soir, toute cette puissance était dirigée vers elle. Son regard était vif et ses muscles tendus, comme ceux d'un prédateur prêt à attaquer. Mais, à sa grande surprise, elle n'avait pas peur. Au contraire.

Des idées osées plein la tête, elle dégrafa sa bretelle et, gênée, pressa sa main sur son sein pour le cacher. Elle n'avait jamais fait de strip-tease de sa vie et elle n'avait pas l'impression d'être une séductrice, elle se sentait juste étourdie. Il l'avait hypnotisée et elle n'était plus capable de réfléchir.

Elle était en train de vivre un rêve, un fantasme dont Constantine était le héros.

Pour être honnête, elle n'était pas surprise, cela avait toujours été lui. C'était lui qui l'avait séduite, lui qui avait allumé ses sens… Elle avait toujours eu honte de cette partie d'elle-même qui n'avait que faire des mots doux et qui voulait au contraire un homme qui la désirerait, un homme qui l'attraperait avec des mains fortes et expertes, un homme qui l'embrasserait avec passion, qui la goûterait…

Depuis leur rencontre, elle avait repoussé ces idées dans un coin reculé de son esprit, se répétant, jusqu'à s'en convaincre, qu'elle n'avait pas besoin de cette passion, qu'elle préférait choisir la sécurité et fuir tout comportement ressemblant à sa mère et à ses vices.

Son vice, c'était lui, et ce soir, elle était prête à y succomber. Elle était même décidée à y succomber.

Oubliant soudain toute timidité, elle retira sa main et exposa ses seins à son regard.

Instantanément, elle vit sa mâchoire se contracter. Le désir qu'elle apercevait dans ses prunelles sombres remonta entre ses cuisses et l'électrisa de la tête aux pieds. Tout à coup, elle ne pensait plus à Alex et à ce qu'il faisait dans la chambre voisine. Seuls comptaient Constantine et son corps, en feu.

Jamais elle n'avait réagi de cette façon avec Alex. Elle le trouvait beau, bien sûr, et la perspective de coucher avec lui ne lui faisait pas peur mais elle ne l'excitait pas non plus. D'ailleurs, peut-être était-ce une des raisons pour lesquelles elle avait choisi Alex : avec lui, elle ne risquait pas de perdre la tête.

Elle n'aimait pas Constantine alors elle ne se conduirait jamais comme sa mère. Elle ne s'effondrerait pas quand il passerait à autre chose. Et si l'excitation sexuelle qu'elle ressentait ce soir venait à lui manquer, Constantine, lui, ne lui manquerait jamais.

— Arrête, lui lança-t-il soudain. Arrête de réfléchir. Contente-toi de ressentir.

Très bien. Se concentrant sur la sensation de la dentelle contre sa peau, elle commença à faire descendre le body sur ses hanches, exposant le reste de son corps à son regard affamé. Elle repoussa ses cheveux et savoura la sensation qu'ils lui procuraient en passant sur ses épaules.

L'air emplit ses poumons et son cœur se mit à battre d'un rythme sourd et régulier. Entre ses jambes, l'excitation la gagnait. Tout à coup, elle se languissait de son contact, sa patience avait atteint ses limites.

Il continuait à l'étudier, laissant son regard s'attarder sur les parties les plus intimes de son corps. Il fit un pas vers elle avant de passer derrière elle. Il posa ses mains sur ses épaules, les laissa frôler ses bras, puis les posa sur ses hanches et l'attira contre lui. Les yeux fermés, son pouls battant à un rythme effréné, elle savoura la puissance de son désir qui s'écrasait contre la courbe de ses reins.

— Je te veux, grogna-t-il.

— Oh…

— Tu es vraiment belle.

— Qui réfléchit trop, désormais ?

Elle tourna la tête et il l'embrassa. Il taquina ses lèvres du bout de la langue. Ce baiser était bon mais il ne lui suffisait pas. Impatiente, elle se retourna et le laissa approfondir son baiser explosif.

Sa bouche était ferme et chaude, sa langue experte électrisait ses lèvres. Elle lui donnait la chair de poule.

En feu, elle se cambra contre lui. Elle savoura le contact avec le tissu soyeux de sa chemise et se mit à haleter. Elle bouillait. Elle sentait la boucle de ceinture de son pantalon se presser contre son ventre et, en dessous, la preuve insistante de son désir qui l'ensorcelait.

Il la plaqua contre le mur. Le plâtre était froid sous sa peau mais sa peau brûlante contre la sienne. Ensorcelée, elle s'accrocha à ses épaules tandis qu'il embrassait son cou puis sa poitrine. Quand il prit un téton tendu dans sa bouche, elle rejeta la tête en arrière et se mit à haleter de plaisir.

Elle le désirait et elle allait l'avoir. Hors de question de tout perdre, ce soir. Hors de question de quitter cette maison comme une femme brisée ou humiliée. Elle allait accepter cette partie la plus sombre d'elle-même qu'elle avait toujours reniée, et elle allait revendiquer son pouvoir une bonne fois pour toutes. Elle était fatiguée d'avoir peur et elle n'avait plus envie de penser qu'elle avait fait une erreur en faisant confiance à Alex. Ce n'était pas sa faute à elle, c'était la sienne.

Ce soir, dans les bras de Constantine, pour la première fois de sa vie, tout lui semblait possible. Il lui donnait l'impression qu'elle était tout, qu'elle était parfaite, et surtout qu'elle était forte.

Il frotta ses hanches contre les siennes, comme pour s'assurer qu'elle percevait bien son désir.

— Il faut que tu saches que je ne me comporte pas de cette façon, d'habitude. J'aime les femmes sophistiquées, les femmes du même âge que moi, cultivées, expérimentées... Je n'aime pas les serveuses de vingt-deux ans à la sexualité débridée et incontrôlée.

En entendant ces mots, elle esquissa un sourire désabusé.

— Si je ne te plais pas, tu peux arrêter.

Il laissa échapper un juron en grec avant d'attraper son menton pour l'obliger à river son regard au sien.

— Je ne peux pas partir, petit chat. Si j'avais pu, je l'aurais déjà fait.

— Depuis le départ, tu me peins en noir, tu me décris comme un grain de sable dans la vie parfaitement réglée des Kamaras, alors pourquoi ?

— Peut-être ai-je envie de dérégler ma vie, ce soir.

Il l'embrassa à nouveau, la serra contre lui tout en l'entraînant vers son lit. Il la jeta sur le matelas puis recula. Ses yeux dans les siens, il déboutonna sa chemise, l'enleva et la laissa tomber sur le sol. Il retira ensuite son pantalon, ses sous-vêtements et, pour la première fois de sa vie, elle se retrouva face à un homme nu. Quel spectacle... magnifique. Constantine était aussi beau qu'un Adonis sculpté dans du marbre doré. Sauf qu'il n'était pas froid comme la pierre, il était chaud, brûlant même. Et cette partie la plus masculine de son corps l'hypnotisait.

À sa grande surprise, la rudesse dont il faisait preuve ne faisait qu'augmenter sa confiance. Elle était faite pour le prendre, elle le savait. Parce qu'il était fait pour avoir besoin d'elle. S'ils avaient pu nier leur désir, ils l'auraient fait depuis longtemps, elle en était certaine.

Il ne l'estimait pas et, même si elle pouvait le respecter, elle n'aurait jamais voulu partager un dîner avec lui de peur d'être obligée de devoir discuter du seul sujet qui l'intéressait, lui-même. En revanche, impossible de ne pas profiter du moment présent. La tentation était bien trop forte.

Il la rejoignit sur le lit mais il ne s'allongea pas. Au lieu de cela, il embrassa sa cheville, son mollet, l'intérieur de son genou, et elle se mit à trembler en devinant ses intentions. Elle en avait beaucoup rêvé, pas avec lui précisément mais seulement parce qu'elle avait rassemblé tout son self-control. Déterminée à terminer sa dernière année d'université, elle s'était convaincue qu'elle ne pouvait pas coucher à droite et à gauche et avait tout fait pour étouffer ses désirs. De temps en temps, néanmoins, tard dans la nuit, quand elle n'arrivait pas à dormir, il lui était arrivé de rêver à un homme aux cheveux noirs mettant sa tête entre ses cuisses et la goûtant comme si elle était le plus doux des desserts.

Revenant au présent, elle ferma les yeux. Son souffle était chaud au sommet de ses cuisses. Impatiente, elle s'arc-bouta. Puis il la posséda. Ses lèvres et sa langue se mirent à jouer la symphonie du désir, un air allant crescendo, alternant les graves et les aigus, les mouvements doux et les mouvements rapides. Encore et encore, il l'emmena au bord de l'abîme avant de reculer juste avant d'atteindre le point d'orgue.

Il était en train de la rendre folle de désir, folle de plaisir.

Constantine… Il n'y avait aucun doute que c'était lui. Les paroles tracées par sa langue sur sa peau étaient si coquines qu'elles ne pouvaient appartenir à aucun autre homme.

En tout cas, pour elle, elles étaient coquines. Elles étaient l'expression la plus parfaite de la rébellion qu'elle avait toujours essayé de nier.

À bout, elle se mit à sangloter, le suppliant de l'emmener plus loin, plus haut, et de terminer le chef-d'œuvre qu'il avait commencé. Elle n'en pouvait plus.

— S'il te plaît, le supplia-t-elle. S'il te plaît.

Devinant son impatience, il lui offrit enfin ce qu'elle désirait. Il enfonça deux doigts en elle et le choc de la pénétration lui fit décoller les hanches du lit. Elle ressentit une légère sensation de picotement, mais son orgasme arriva si vite, qu'il lui arracha un cri tandis que sa libération se prolongeait, aussi majestueuse que le final d'un feu d'artifice.

Repue, elle demeura immobile, incapable de bouger, incapable de respirer. Elle plongea dans son regard sombre et, tout à coup, se sentit vulnérable, presque effrayée. Constantine n'avait pas l'air d'un homme avec qui elle ne pouvait pas faire la conversation lors d'un dîner. Il avait l'air d'un homme devant lequel elle pouvait mettre son âme à nu. Tout à coup, elle avait l'impression qu'il pouvait la voir, vraiment la voir. Elle avait même l'impression qu'il l'avait vue, véritablement vue.

Mais soudain, un voile passa devant son regard noir et il redevint lui-même, un homme dur et distant, mais pas moins beau pour autant. Émue, elle tendit la main et toucha son visage. Au même moment, il se plaça entre ses jambes et la pénétra d'un geste puissant et précis.

Sous le choc, elle retint son souffle tandis qu'il s'enfonçait profondément en elle. Elle avait l'impression que la puissance de sa virilité allait la déchirer. Elle s'accrocha tant bien que mal à ses épaules, puis il commença à aller et venir et sa douleur s'atténua peu à peu.

Elle leva les yeux vers son beau visage. Ses yeux noirs étaient embués de plaisir. Il n'avait pas remarqué son malaise, tant mieux, elle n'avait pas envie qu'il s'arrête pour apaiser ses craintes. Hors de question qu'il la traite comme une vierge inexpérimentée. Entre ses bras, elle avait l'impression d'être une séductrice et elle avait envie de conserver cette impression de pouvoir.

Il agrippa ses hanches, se mit à aller et venir en elle avec férocité et elle s'abandonna. Faire l'amour était tellement plus physique, tellement plus sauvage qu'elle ne l'avait imaginé. À chaque coup de reins, il l'entraînait plus haut, plus loin.

Ses mouvements s'intensifièrent peu à peu et il explosa enfin, déversant son plaisir en elle avant de pousser un cri animal.

Une nouvelle fois, elle demeura immobile, haletante. Voilà, elle l'avait fait, elle s'était donnée à Constantine, et elle ne l'avait pas fait sous la contrainte ou par désir de vengeance, mais simplement parce qu'elle en avait eu envie.

— Je vais te raccompagner, lui lança-t-il soudain avant de sortir du lit.

Son regard s'attarda sur son dos large et sa taille fine.

— Évidemment, ajouta-t-il, j'irai, avant, chercher tes vêtements dans la chambre.

— Hors de question.

La suite d'Alex était sans doute encore occupée.

— D'autres vêtements à ta taille, alors.

Il se rhabilla rapidement puis quitta la pièce.

Une fois seule, elle se glissa sous le drap mais la honte la gagna vite. Il l'avait possédée sur le drap, il ne lui avait pas permis d'être en dessous. En s'installant ainsi, elle avait l'impression de créer une intimité dont il n'avait pas envie.

À cette idée, les larmes lui montèrent aux yeux et elle les laissa couler, juste un peu, juste pour soulager la pression autour de son cœur.

Il revint quelques minutes plus tard avec des vêtements qui ne lui appartenaient pas.

— Es-tu venue en voiture ?

Elle secoua la tête.

— Covoiturage.

— Mon chauffeur te ramènera alors.

Elle se leva du lit et il se retourna tandis qu'elle s'habillait.

— La voiture doit être prête.

Il la raccompagna à la porte, comme un gentleman après un rendez-vous galant, et elle esquissa un sourire lorsqu'elle aperçut l'élégante voiture citadine qui attendait devant le perron.

— Quoi que tu décides concernant ta relation avec mon frère, ce sera ta décision. Je ne parlerai à personne de ce qui s'est passé ce soir.

— Merci.

Il préservait sa fierté autant que la sienne.

— Sois prudente.

— Toi aussi, répondit-elle avant de s'installer sur la banquette arrière.

Cette nuit avait été un échec spectaculaire. Elle avait perdu Alex, et elle avait perdu la tête. Elle avait cédé à la tentation et s'était donnée à Constantine.

Des larmes se mirent à rouler sur ses joues mais elle sourit tout de même. Ce soir, l'espace d'un instant, elle avait vécu un conte de fées.

Dommage qu'il soit déjà terminé.

Un coup à la porte réveilla Constantine vers 5 heures du matin.

Morgan… Il n'aurait pas dû coucher avec elle. Il n'était pas le genre d'hommes à avoir des regrets, à quoi bon, mais Morgan…

— J'arrive.

Il repoussa la couette, se leva et alla ouvrir sans même prendre la peine de se couvrir.

Malheureusement, ce n'était pas Morgan, c'était le directeur commercial de l'entreprise familiale.

Il s'agissait d'une question urgente, forcément, sinon l'homme ne serait pas venu le réveiller. En plus, il n'avait pas frappé à la porte de son père mais à la sienne.

— Oui ?

— La police vient d'appeler. C'est… C'est Alex. Il a eu un accident. Il est mort.

2.

— Je n'arrive pas à y croire.

Morgan avait prononcé ces quatre mots un nombre incalculable de fois au cours de la semaine écoulée et elle ne pouvait s'empêcher de les répéter encore une fois, ici, dans l'imposante maison des Kamaras.

Tremblante dans sa robe noire, elle les marmonna une nouvelle fois, à elle-même. Elle était en effet seule. La mère d'Alex était partie s'allonger et son père avait rejoint son bureau. Quant à Constantine…

Comme s'il devinait ses pensées, il apparut soudain, vêtu d'un costume sombre, ses cheveux noirs en bataille et ses yeux brillant d'émotion.

— Tu es venue.

— Bien sûr.

— Mes parents seront contents.

— Tu crois ?

Elle recula. Son cœur battait si fort qu'elle avait peur qu'il l'entende.

— Aussi contents qu'ils peuvent l'être en ce moment, en tout cas, répondit-il en esquissant un semblant de sourire.

— Tu n'as pas besoin de t'occuper de moi. Le personnel m'a invitée à entrer dans la maison mais je peux rejoindre le reste des invités à l'extérieur, si tu préfères.

— Ne dis pas n'importe quoi, tu étais la petite amie de mon frère, il tenait beaucoup à toi, ta place est avec sa famille. Tout le monde sait qu'Alex ne restait jamais plus d'une nuit avec une même femme or il est resté avec toi pendant six mois.

— S'il était resté avec sa dernière conquête plus d'une nuit, peut-être serait-il encore en vie, répliqua-t-elle sans réfléchir avant de regretter ces mots.

Alex était mort. À quoi bon tenter de refaire l'histoire ?

— Tu n'as pas tort.

Elle inspira profondément et le regretta immédiatement en percevant son parfum musqué et enivrant, un parfum qui lui rappelait la nuit qu'ils avaient passée ensemble, qui lui rappelait ses mains, sa bouche, son corps… Lui, tout simplement.

— Ma mère souhaite que tu te joignes au reste de la famille pendant la cérémonie. En attendant, veux-tu un verre ?

— Pourquoi pas, mais pas d'alcool, s'il te plaît.

Penser à l'alcool lui donnait envie de vomir et elle se sentait trop mal pour boire, en plus, une substance risquant d'altérer son humeur.

— Un soda pour la barmaid, alors.

— Je ne suis pas barmaid mais serveuse, ce n'est pas le même métier.

— Si tu le dis…

Elle le suivit jusqu'à une petite pièce, du moins petite pour cette gigantesque propriété, un salon à la décoration très masculine avec des murs entièrement habillés de bois.

— C'était la pièce préférée de mon grand-père, lorsqu'il venait de Grèce.

— Venait-il souvent ?

— Oui.

— Tu étais très proche de lui, n'est-ce pas ?

Il la foudroya du regard avant de répondre.

— C'est vrai.

Sa réaction ne la surprenait pas. Il n'avait sans doute pas envie de parler de son grand-père, décédé, le jour des obsèques de son frère. La mort était déjà suffisamment présente autour de lui.

L'émotion la gagna, si forte, qu'elle avait soudain envie

de le toucher et de le serrer entre ses bras pour tenter de le consoler. Elle se força néanmoins à reculer, c'était sans doute plus prudent.

Constantine ouvrit une porte de bois derrière laquelle se cachait un réfrigérateur. Il en sortit une canette de soda qu'il vida dans un verre avant d'y ajouter quelques glaçons. En lui tendant, ses doigts effleurèrent les siens et, instantanément, un frisson glissa le long de son dos et tous ses poils se hérissèrent.

Elle croisa son regard et l'espace d'un instant, elle fit un voyage dans le temps. Elle se retrouva une semaine plus tôt. Alex était encore vivant. Il l'avait trahie. Dans sa fuite, elle était tombée nez à nez avec Constantine et… Et elle avait cédé à la sensualité.

Son esprit continua son voyage dans le temps et s'arrêta sur leur première rencontre. Constantine n'était pas ouvert et chaleureux comme Alex mais elle l'avait tout de même trouvé beau. Beau et ténébreux. Si beau et ténébreux même, que tout son corps s'était magiquement mis à pétiller lorsqu'elle avait croisé son regard, comme s'il avait réveillé des sens qu'elle ignorait posséder.

Elle avait bien essayé de l'ignorer et de nier la réponse de son corps. En vain. Ses réactions étaient si intenses qu'elles l'avaient obligée à remettre en cause toute sa vie, toutes ses croyances.

Avant de le rencontrer, elle avait confiance dans ses choix, elle était persuadée qu'elle était meilleure et plus intelligente que sa mère, qui avait pris de si mauvaises décisions en matière d'hommes. Elle était certaine que jamais, elle ne se comporterait de la même façon, que jamais elle ne faiblirait.

Malgré toutes ses bonnes résolutions, elle avait faibli. Constantine l'avait touchée et, comme par magie, toutes ses bonnes résolutions s'étaient évanouies.

Aujourd'hui, la conviction qu'il n'était pas un homme pour elle était la dernière certitude qui lui restait. Malgré tout, elle le désirait. Impossible de s'en empêcher, il l'attirait comme un aimant.

Elle releva les yeux. Il n'avait pas bougé, il était toujours tout près d'elle, si près qu'elle pouvait sentir son parfum, si près qu'il serait facile de le toucher et de… Sa tête se mit à tourner et ses jambes à chanceler. Devinant qu'elle était sur le point de tomber, Constantine la rattrapa en passant son bras autour de sa taille.

— Tu vas bien ?

— Oui.

Évidemment, il s'était juste rapproché parce qu'il avait eu peur qu'elle tombe. Rien de plus. Inutile de se faire des illusions ou de rêver. Il n'était motivé que par la politesse, elle le savait et pourtant, elle avait l'impression que tout son corps était en feu. Elle n'avait plus qu'une envie, combler la distance qui les séparait et le goûter à nouveau. Elle en avait tellement envie qu'elle aurait presque pu pleurer.

À cette idée, elle se retint de lever les yeux au ciel. Elle qui se vantait de toujours garder le contrôle, qui se targuait d'être plus forte que sa mère, elle était vraiment ridicule.

Se forçant à se reprendre, elle se dégagea de son étreinte. Au même instant, ses parents entrèrent dans la pièce.

— Je suis heureuse que vous soyez là, Morgan, lança sa mère avant de l'embrasser sur les deux joues.

— C'est normal, répondit-elle d'une petite voix.

— Allons-y et rendons-lui hommage, comme il le mérite.

Hésitante, elle croisa le regard de Constantine. Le feu qui brûlait dans ses prunelles était aussi noir que la nuit, mais si intense qu'elle avait l'impression qu'elle risquait de se consumer sur place, si elle le regardait trop longtemps.

Voir la tombe, voilà ce qu'il ne pouvait pas supporter, mais c'était le prix à payer quand on possédait un cimetière au sein même de sa propriété. Chaque jour, il pourrait voir la tombe de son frère, non loin de l'endroit où ils jouaient, lorsqu'ils étaient enfants.

À quelques mètres, une stèle avait été érigée en mémoire

d'Athena mais l'effet n'était pas le même. Il restait une incertitude, pour Athena. Il existait toujours une possibilité qu'elle soit vivante, quelque part, même si sa raison savait que ce n'était pas le cas. La mort d'Alex, elle, ne faisait aucun doute.

Il observa le tableau devant lui, les costumes sombres, les mines graves. Seule Morgan, avec ses cheveux flamboyants, apportait une touche de couleur et de vie dans cette scène.

Je pensais t'avoir mieux appris, mon garçon.

La voix de son grand-père résonna soudain dans sa tête.

Je le pensais aussi, Pappoús. Mais peut-être suis-je toujours aussi faible.

Il se vantait d'être fort et de garder le contrôle en toutes circonstances mais il se mentait. Il ne valait pas mieux que les autres. Il n'avait pas sauvé Alex, pas plus qu'il n'avait sauvé Athena. Son pouvoir et son argent n'avaient pas permis à sa famille d'éviter un nouveau drame. Tous les efforts de son grand-père pour le faire changer, à la suite de l'enlèvement et de la disparition d'Athena, avaient été vains.

Avant ce drame, il était un enfant heureux. Il aimait ses frère et sœur et pensait qu'il était de son devoir de les protéger. Athena était sa jumelle et il aurait été prêt à conquérir le monde pour elle, si elle le lui avait demandé. Malheureusement, ils avaient été kidnappés et quand le sort d'Athena avait dépendu de lui, de son attitude, de son courage, il ne s'était pas montré à la hauteur. Il s'était effondré.

Après sa libération, ce n'était pas le miracle de son retour parmi les vivants qui avait façonné sa vie, c'était la culpabilité. À cause de lui, à cause de sa faiblesse, Athena avait disparu.

Cette disparition, et le chagrin qui avait suivi, avait bouleversé la vie de sa famille, autrefois heureuse, la transformant en un véritable champ de ruines.

Pendant les premiers temps, ses parents ne parvenaient même pas à le regarder. Auparavant, Athena et lui étaient toujours ensemble, et il leur rappelait le vide qu'elle avait laissé dans leur vie.

Vus de l'extérieur, pourtant, ses parents n'avaient pas

changé. Ils étaient restés aussi insouciants, du moins en dehors de la période de son anniversaire. Son anniversaire n'était pas juste le sien, il était aussi celui d'Athena et désormais, ses parents n'organisaient plus de fête. Était-ce pour pleurer ou pour le punir ? Il ne l'avait jamais su. En revanche, il se souvenait parfaitement de la discussion de ses parents qu'il avait surprise, le jour de son seizième anniversaire.

« Notre vie aurait-elle été différente si elle avait survécu ? Si nous l'avions encore ? » s'interrogeait sa mère.

Aurait-elle été différente si c'était lui, qui avait disparu ? s'était-il aussitôt demandé.

Par moments, ses parents semblaient le fuir puis ils compensaient leur absence avec des cadeaux, toujours plus somptueux. Et ce cycle recommençait, encore et encore, comme une roue du chagrin alternant les hauts et les bas.

Ses parents étaient tristes et lui, il était en colère.

Aujourd'hui, ses parents étaient la seule famille qui lui restait. Leur relation n'était peut-être pas facile, mais dans les fissures de celle-ci, il percevait de l'amour, même s'il y voyait également du ressentiment, de la culpabilité, et peut-être le regret inavoué qu'Athena n'ait pas été la seule à survivre.

Quant à sa vie, depuis la disparition de sa sœur, elle n'était qu'une suite ininterrompue de relations compliquées et de promesses rompues. La solitude, cette solitude coupable qui avait conduit à la disparition d'Athena, serait sa punition, avait-il décidé alors qu'il n'était qu'un adolescent.

Tout en créant des fondations en l'honneur d'Athena, tout en essayant de trouver des moyens de protéger d'autres femmes, afin que son nom ne soit pas oublié, il s'était juré de vivre une vie d'isolement. Aucun amour, aucune femme, aucun enfant. Jamais.

La mort d'Alex était une preuve supplémentaire qu'il devait rester seul. Encore une fois, il n'avait pas réussi à protéger quelqu'un qui comptait pour lui. Comme avec Athena, il honorerait l'héritage qu'Alex n'aurait pas la chance de construire, mais pas tout de suite. D'abord, il devait s'occuper de Morgan.

Juste une dernière fois. Il ne la reverrait plus jamais, ensuite. Elle avait été la dernière compagne de son frère, elle n'était présente que pour présenter ses condoléances.

Dévoiler la trahison d'Alex ne servirait à rien. Il l'avait compris sans qu'elle ait à le dire et quand ses parents avaient parlé de l'inviter à l'enterrement, il n'avait pas émis d'objection.

La cérémonie s'acheva enfin. Seuls ses parents, Morgan et lui restaient devant la tombe.

— Veux-tu que je te raccompagne chez toi ? proposa-t-il à la jeune femme.

Elle leva les yeux vers lui, le fixa durant de longues secondes, hésitant, puis soudain ses prunelles s'illuminèrent. Elle n'avait pas besoin de prononcer le mot, il avait sa réponse.

Morgan savait que partir avec lui était une erreur. Il n'allait pas la ramener chez elle. Ou peut-être que si, mais dans ce cas-là, il n'allait pas se contenter de la déposer devant la porte. Elle en avait la certitude, elle le savait au plus profond de son cœur car elle n'était plus une femme innocente.

Quelques minutes plus tard, comme elle l'avait deviné, il se gara devant son immeuble.

— Mon appartement est petit mais veux-tu…

Il la coupa en l'embrassant, en lui offrant ce baiser gourmand dont elle rêvait depuis le début de la journée. Ce baiser était différent de ceux de la première nuit qu'ils avaient passée ensemble. Ce soir-là, leur étreinte avait été brute, presque sauvage. Aujourd'hui, elle ne percevait aucune retenue, aucune rudesse non plus, rien du tout. Aujourd'hui, il ne s'agissait pas d'un accident. Elle ne pouvait pas prétendre qu'elle ferait un choix plus intelligent la prochaine fois. Il n'y aurait pas de prochaine fois. La prochaine fois, c'était aujourd'hui et, même si elle avait peur de se noyer, elle était prête à plonger la tête la première dans la sensualité.

— Montons, marmonna-t-elle entre deux baisers.

Malgré le froid, ils risquaient vite de devenir indécents,

or les rues du quartier de North End, un quartier animé de Boston, n'étaient jamais désertes, et elle n'avait pas envie de se donner en spectacle devant les passants.

— Il n'y a pas d'ascenseur, précisa-t-elle lorsqu'ils pénétrèrent dans l'immeuble.

Il ne s'arrêta pas. Il se contenta de la suivre dans les escaliers jusqu'à son appartement. Devant la porte, elle sortit sa clé et batailla avec la serrure pendant quelques instants.

— La serrure est un peu délicate.

Elle était gênée, elle ne s'attendait pas à ce qu'il vienne ici. Jamais aucun homme n'était venu chez elle. Alex était bien venu la chercher à plusieurs reprises mais il n'était jamais entré.

Heureusement, Constantine ne semblait pas se soucier de la taille ou de l'état de l'appartement. Sans un mot, il la poussa jusqu'à sa petite chambre avant de l'allonger sur son lit étroit.

Impatiente, elle l'embrassa avec gourmandise et se cambra contre lui quand il glissa une main experte sous sa robe. Sous sa tenue de deuil.

C'était le chagrin qui lui faisait tourner la tête, mais aussi l'envie. Surtout l'envie. Jamais elle n'avait éprouvé un tel désir pour Alex. Ce qu'elle faisait était mal, elle le savait, mais elle s'en fichait. Elle désirait Constantine, plus que tout.

Depuis la mort d'Alex, elle le pleurait, elle pleurait la cruauté de sa disparition et en même temps, elle rêvait nuit et jour de Constantine. Les jours passant, la culpabilité s'était mélangée au désir, créant en elle un monstre qui rugissait maintenant, un monstre qu'elle ne pouvait pas retenir. Un monstre qu'elle n'avait pas envie de retenir.

Était-ce la même bête qui animait Constantine, à cet instant ? D'autres démons le contrôlaient-ils ? En tout cas, ils s'embrassaient comme si les flammes de l'enfer menaçaient de les engloutir et comme si le temps leur était compté. D'ailleurs, leur temps était bel et bien compté. Lorsque leur corps à corps se terminerait, leur relation aussi.

À cette idée, des larmes se mirent à couler sur ses joues.

S'il pensait qu'elle pleurait Alex, cela lui convenait. Il n'avait pas besoin de savoir qu'elle les pleurait tous les deux.

Lorsqu'il la pénétra enfin, elle s'accrocha à ses épaules. Elle s'agrippa à lui comme si sa vie en dépendait tandis qu'il allait et venait en elle avec force, avec sauvagerie, l'entraînant petit à petit vers des sommets de plaisir. Elle perdit vite le compte de ses orgasmes, ils étaient trop nombreux. Constantine semblait possédé et elle, une femme possédée.

Ils avaient ouvert la boîte de Pandore et laissé une vague de sensualité et de volupté d'une puissance à couper le souffle les envahir tous les deux. Elle était désormais en train de les ensevelir.

Quand elle finit par s'endormir, émue, son visage était mouillé de sueur et de larmes. Quand elle se réveilla le lendemain matin, elle remarqua que Constantine était parti. Aussitôt, de nouvelles larmes se mirent à couler sur ses joues.

Cinq mois plus tard

Depuis l'enterrement d'Alex, depuis que Constantine avait quitté son appartement après leur corps-à-corps, la vie de Morgan avait bien changé.

Elle avait en particulier obtenu son diplôme, encore une étape importante de sa vie qu'avait ratée sa mère. Elle avait réussi à obtenir ce diplôme en travaillant d'arrache-pied et en prétendant que les changements dans son corps n'étaient que la conséquence du chagrin et du stress. Pourtant, elle savait bien que ce n'était pas la raison et qu'elle devrait aller consulter.

Elle était enceinte, elle était visiblement enceinte. Ce qui voulait dire qu'elle devait voir un médecin, et sans doute en parler à Constantine. Malheureusement, le chagrin et le sentiment de culpabilité qui l'assaillaient la privaient de toute force.

Alex... La nuit de sa trahison, il venait sans doute de raccompagner sa maîtresse chez elle, lorsqu'il avait raté un virage. Il était seul dans sa voiture alors personne n'avait su pourquoi il conduisait à cette heure-là. Bien sûr, des traces d'alcool avaient été découvertes dans son organisme, mais à peine plus que la limite légale.

Le chagrin de ses parents lui avait brisé le cœur, et elle s'était sentie obligée de jouer le rôle de la petite amie bouleversée, parce qu'elle avait été sa partenaire et qu'ils n'avaient pas eu le temps de rompre. Parce qu'elle tenait à eux, également. Alors elle s'était habillée en noir pour l'enterrement, elle avait pleuré avec sa mère, elle avait tenu la main de son père, tout en faisant de son mieux pour éviter le regard de Constantine.

C'était ce jour-là qu'elle avait décidé de sortir de la vie de la famille Kamaras. Elle n'avait pas le choix. Alex l'avait trahie avant de mourir et elle ne pouvait pas l'avouer à ses parents, et si jamais la nouvelle de sa grossesse était connue... Cette découverte avait renforcé sa détermination à garder ses distances. Constantine ne voulait pas d'elle. Leur relation n'avait rien d'une histoire d'amour, il s'agissait juste d'une histoire d'un soir, d'une façon d'exorciser leur désir et leur chagrin. Il s'agissait d'une banale et vulgaire aventure, même si une petite voix dans sa tête la trouvait belle.

Mais comment lui annoncer la nouvelle de sa grossesse ? Et comment pourrait-elle l'expliquer aux parents d'Alex ? Apprendre qu'elle avait couché avec Constantine, alors qu'elle était encore avec Alex, aggraverait leur douleur, même si Alex l'avait trahie et même si elle avait décidé de rompre.

En plus, Alex lui avait tant donné... Il avait payé ses frais de scolarité, il lui avait fait de nombreux cadeaux. Elle lui devait énormément.

Voilà pourquoi, cinq mois après sa mort, elle le pleurait toujours. Oui, il l'avait trompée mais elle regarderait toujours leur relation avec tendresse. Comment pourrait-elle la voir autrement ?

Elle soupira et baissa les yeux vers son ventre, de plus

en plus arrondi. Elle aurait voulu être heureuse mais elle n'y arrivait pas, elle était encore dans les affres du déni. Heureusement, elle savait qu'une fois que le bébé serait né... Non. Elle n'en savait rien. Sa mère n'avait pas été dévorée par l'amour maternel, alors rien ne garantissait qu'elle réagirait différemment.

Lorsqu'elle était enfant, elles bougeaient beaucoup, vivant dans de petits studios délabrés, ou parfois avec l'homme que sa mère fréquentait. Elles déménageaient tellement souvent que, dans ses souvenirs, tous leurs appartements se confondaient les uns avec les autres.

Chaque fois qu'elle repensait à son enfance elle se revoyait assise, seule, dans une cuisine au papier peint à fleurs jaunes. Elle se revoyait taper des pieds contre la chaise au rythme de l'horloge accrochée sur le mur.

Ce jour-là, elle avait été invitée à une fête d'anniversaire. Sa mère n'avait pas voulu l'emmener acheter un cadeau pour son amie alors elle était allée toute seule jusqu'au magasin du coin et avait utilisé l'argent qu'elle avait gagné en gardant le chat de ses voisins pour acheter à son amie une petite poupée sans marque. Elle l'avait emballée dans du papier de soie et avait attendu que sa mère rentre pour la conduire à la fête.

Pendant de longues heures, elle était restée assise sur cette chaise, à attendre, à espérer. Lorsqu'elle avait compris que la fête était finie, elle s'était contentée de pleurer. Elle avait questionné sa mère, quand celle-ci était enfin rentrée mais, pour toute réponse, elle lui avait rétorqué qu'elle faisait des heures supplémentaires et qu'elle n'avait pas besoin qu'elle la fasse culpabiliser. Elle avait huit ans, à l'époque et ce souvenir était gravé dans sa mémoire.

Même si sa mère avait fréquenté d'autres hommes, après sa naissance, elle n'avait jamais pardonné à son père, ce père qui ne voulait pas d'elle. « C'est une honte. Tu as ses yeux », lui avait-elle même lancé un jour, sur un ton accusateur.

Pas étonnant alors qu'elle ait pris ses distances avec elle. Elle lui avait rendu visite, juste après avoir déménagé pour la première fois puis elle s'était contentée de l'appeler, d'abord régulièrement puis de moins en moins souvent. Elle lui téléphonait néanmoins pour son anniversaire, pour la fête des Mères, pour Noël… Puis elle avait rencontré Alex et ses coups de fil s'étaient faits encore plus rares. Depuis la mort d'Alex, elle ne l'avait même pas appelée une seule fois.

Peut-être serait-elle, elle aussi, une mère distante et amère. Cette perspective l'inquiétait mais elle se força à la repousser et revint au présent.

Elle avait été tellement malade au début de sa grossesse qu'elle n'avait pas pu travailler, alors elle s'était retranchée dans son appartement, n'en sortant que pour aller faire les courses. Elle aurait pu se faire livrer, oui, et au début, elle l'avait fait, mais elle avait fini par comprendre qu'elle devait se lever du canapé. Elle devait s'aventurer dehors.

Rassemblant son courage et le peu d'énergie qu'elle possédait, elle s'habilla puis, vêtue de la seule paire de leggings noirs dans laquelle elle pouvait encore rentrer, d'un T-shirt blanc et d'une veste en jean, elle sortit faire son shopping hebdomadaire.

Une casquette sur la tête, les mains dans les poches et les yeux sur ses tennis blanches, elle entra dans son épicerie préférée. Après avoir mis une bouteille de lait dans son panier, elle se dirigea vers le rayon des surgelés pour prendre de la glace. Elle choisit ensuite du fromage et des biscuits. Ses repas ne seraient pas très équilibrés mais peu lui importait.

Mal à l'aise, elle releva tout à coup la tête. Elle avait l'impression d'être observée. Discrètement, elle regarda par-dessus son épaule et vit deux jeunes filles qui la fixaient. L'une d'elles tenait son téléphone légèrement en l'air, comme si elle venait de prendre une photo. Bizarre. Pourquoi l'aurait-elle photographiée ?

Mue par un étrange élan de paranoïa, elle mit ses lunettes de soleil avant de payer ses achats et de rentrer chez elle aussi vite que possible.

Elle était en train de perdre la tête, elle avait vraiment besoin de se ressaisir. Il n'y avait aucune raison pour que quelqu'un sache qui elle était et s'intéresse au fait qu'elle achetait du fromage. Peut-être les deux filles avaient-elles simplement un faible pour le type qui tenait le stand de fromage ? Il était sexy, elle voulait bien en convenir, mais depuis qu'elle avait été séduite par Constantine Kamaras, tous les hommes lui paraissaient insignifiants.

Oui, elle était juste paranoïaque, se répéta-t-elle en se préparant à dîner.

Elle s'en sortirait. Elle ne deviendrait pas comme sa mère. Elle ne ferait pas payer ses erreurs à son enfant. Et elle ne se punirait pas elle-même non plus.

3.

— Tu as vu ça ?

Son père lui mit son téléphone sous le nez et le sang de Constantine se glaça aussitôt.

— « La maîtresse d'Alex Kamaras tente de cacher son ventre arrondi dans un magasin », lut son père d'un ton ravi.

Constantine se figea. L'espace d'un instant, il avait presque oublié que Morgan avait été la petite amie de son frère, avant de devenir sa maîtresse.

Elle était enceinte ?

Il repensa à la nuit de l'enterrement, à ses mains sur son corps de déesse, à sa bouche gourmande sur la sienne, à son plaisir infini lorsqu'il l'avait possédée. Seul ce plaisir avait pu lui faire oublier son chagrin, du moins l'espace de quelques heures.

Il baissa les yeux vers la photo.

Des flèches étaient pointées vers les différents éléments de sa tenue. Selon l'auteur de l'article, Morgan était une icône du style minimaliste. Pour être honnête, il n'avait aucune idée de ce que cela signifiait mais surtout, il n'avait aucune idée de la raison pour laquelle elle était traquée de cette façon. Enfin, si, il savait. Pendant des années, Alex avait été la coqueluche des journaux à scandale, il était donc logique que Morgan le soit également.

Curieux, il fit défiler l'article sur le téléphone de son père. Il racontait la romance entre Morgan et Alex, rappelait la mort prématurée d'Alex avant d'expliquer que depuis, Morgan s'était faite discrète. Selon le journaliste, elle faisait profil bas pour protéger l'enfant qu'elle portait.

Les sourcils froncés, il examina la photo avec attention. Son ventre était déjà bien arrondi, elle devait être enceinte de plus de cinq mois.

Le bébé n'était pas le sien, il était celui d'Alex. Avait-elle eu l'intention de le lui annoncer, le soir où elle l'avait surpris avec une autre femme, le soir où il avait trouvé la mort ?

Il soupira. Elle portait l'enfant d'Alex et son père avait l'air fou de joie. À vrai dire, il n'était pas surpris. Ses parents avaient toujours préféré Alex. Il était comme eux, solaire, insouciant. Il charmait tous ceux qu'il croisait.

Il était bien plus difficile de tomber sous le charme d'un homme sérieux qui travaillait du matin au soir. Ce portrait avait été celui de son grand-père, jusqu'à sa mort dix ans plus tôt. Il était aujourd'hui le sien et non celui de son père. Cosmo Kamaras n'était pas un mauvais bougre, au contraire même. Il était sociable et souvent généreux avec sa fortune, un peu comme Alex d'ailleurs. Malheureusement, il n'aimait pas travailler. Sa mère était pareille. Toujours très belle à cinquante ans passés, Delia Kamaras était la coqueluche des soirées mondaines. Elle préférait boire et danser plutôt que de rester à la maison, en famille. Après la disparition d'Athena, son goût pour la fête s'était encore renforcé. Il savait très bien pourquoi. Chaque fois que ses parents se tournaient vers lui, ils voyaient la place vide laissée par Athena.

Tout le monde aimait s'amuser, dans sa famille. Résultat, quelqu'un devait travailler et ce rôle lui incombait.

Il revint au présent. Ainsi, Morgan attendait un enfant d'Alex ?

— Je ne l'ai pas encore annoncé à ta mère, reprit son père. Elle va être tellement heureuse… Un petit-enfant… Tu imagines, si c'était un garçon ? Morgan doit à tout prix venir à la maison.

— D'accord.

Peu importait sa relation avec elle, il devait avant tout protéger le bébé.

Il secoua la tête et se força à se reprendre. Il s'agissait du bébé d'Alex, il ne devait pas l'oublier.

L'espace d'un instant, il n'avait pensé qu'à lui-même, qu'à Morgan portant son enfant. Cela aurait été… Stop ! Cela n'arriverait jamais, il ne serait jamais père. Jamais. Par contre, la perspective de retrouver une partie d'Alex pourrait peut-être apaiser sa douleur, et celle de ses parents. Leurs souvenirs d'Alex ne se limiteraient plus à une simple pierre tombale. Ils auraient son enfant.

— Elle est pauvre, lui rappela Cosmo. Peut-être pouvons-nous lui offrir de l'argent en échange de l'enfant.

— Je doute fort que Morgan accepte de te vendre le bébé.

— Tu en es sûr ? Je croyais que tu n'éprouvais aucune estime pour elle. Je croyais que tu la considérais comme une femme uniquement intéressée par l'argent.

Ses parents avaient accueilli Morgan à bras ouverts. Ils étaient comme ça, généreux, ouverts, ils faisaient confiance à tout le monde. C'était d'ailleurs une partie du problème. Dès qu'ils l'avaient rencontrée, ils n'avaient eu que des mots doux pour Morgan. Ils l'avaient toujours défendue face à ses accusations. Mais s'il avait douté de ses intentions, c'était juste pour protéger Alex.

— C'est vrai, répondit-il enfin, mais elle aurait pu venir nous réclamer de l'argent depuis cinq mois, or elle ne l'a pas fait.

Pour être honnête, il n'imaginait pas Morgan s'en prendre à la fortune de sa famille, ni échanger son enfant contre de l'argent. Il repensa à la douleur qu'elle avait semblé éprouver quand elle avait découvert qu'Alex lui était infidèle, et à la façon dont elle s'était enflammée dans ses bras. Morgan n'était pas une femme froide et calculatrice, il en avait la certitude.

Le problème, c'était le désir qu'il éprouvait pour elle. Il l'avait désirée à la minute où il l'avait rencontrée, or elle appartenait à Alex. Mais dès que l'occasion s'était présentée, il avait craqué et il l'avait possédée. Aujourd'hui, l'imaginer porter un enfant, l'enfant d'un autre, le rendait fou de rage. Depuis cinq mois, son désir n'avait pas disparu. Au contraire, il avait continué à grandir.

Il serra les poings pour se reprendre.

— Peut-être acceptera-t-elle de faire partie de la famille, suggéra son père. Je ne vois d'ailleurs pas pourquoi elle refuserait. Ta mère l'appréciait et elle a été déçue, lorsqu'elle a disparu de nos vies. Cela nous faisait tellement plaisir de voir Alex heureux avec elle. Tu sais, il allait l'épouser.

Allaient-ils vraiment se marier ? Il n'avait aucun mal à imaginer son frère tromper sa fiancée. Alex ne réfléchissait jamais au futur ou aux conséquences de ses actes, il se contentait de profiter de l'instant présent. Il était ainsi. D'ailleurs, depuis cinq mois, il avait souvent eu envie de lui faire la leçon.

Tu allais être père, imbécile. Pourquoi conduisais-tu aussi vite ? Pourquoi avais-tu bu ? Pourquoi ne pouvais-tu pas être un peu plus comme moi, un peu plus sérieux ?

Athena n'avait pas choisi de disparaître. Alex, lui, avait fait des choix, des erreurs. Malheureusement, cette certitude ne parvenait pas à combler cette sensation de vide en lui, ni à faire disparaître la culpabilité qu'il ressentait.

Peut-être cet enfant serait-il la solution.

— Tu as raison, j'irai voir Morgan.

— Amène-la ici et fais-lui savoir que toutes les offres sont sur la table. Elle fait partie de la famille, désormais.

Elle fait partie de la famille, désormais.

Ces mots résonnaient toujours dans sa tête lorsqu'il s'installa au volant de sa voiture de sport et prit la direction de l'appartement de Morgan, un lieu dont il connaissait l'adresse par cœur. Le lieu de son dernier corps-à-corps avec elle.

Elle devait déjà porter l'enfant d'Alex, à l'époque. La première fois qu'ils avaient fait l'amour également. À cette idée, le désir se mit à rugir dans ses veines.

Impatient, il entra dans l'immeuble et s'engagea dans l'escalier étroit, sûr qu'il n'aurait aucun mal à reconnaître son appartement. Il était peut-être aveuglé par le chagrin et le désir, lors de sa dernière visite, mais il n'était pas le genre d'hommes à oublier de tels détails.

Il examina les lieux. Morgan vivait dans un taudis dépourvu de toute sécurité. Hors de question qu'elle reste une seconde de plus ici.

Déterminé, il frappa à sa porte.

— Oui ? fit une voix à l'intérieur.

— Morgan, ouvre-moi, s'il te plaît.

— Vous vous êtes trompé d'appartement.

— Nous savons tous les deux que ce n'est pas le cas.

— Si, vous vous êtes trompé.

Pourquoi lui mentait-elle ? Ce comportement était puéril. Pourtant, il ne lui en voulait pas. Comment aurait-il pu la détester ? Au premier regard, elle l'avait envoûté.

« Tu es barmaid ? » lui avait-il demandé ce jour-là.

« Serveuse. Dans un bar. C'est différent. »

« Les deux métiers sont pratiques pour rencontrer des hommes riches ? »

« Es-tu en train de m'accuser ? »

« Oui, je l'avoue. Je crois que tu ne sors avec mon frère que pour son argent. »

« Je ne te connais que depuis quelques minutes, mais je suis convaincue que c'est avec toi que les femmes ne sortent que pour l'argent. Tu n'as rien à leur offrir. Alex, lui, a une personnalité. »

Après cette conversation, il n'avait pu s'empêcher de la respecter, même s'il n'appréciait pas de la savoir avec son frère. Le problème, c'était qu'en plus de la respecter, il la désirait.

« Peut-être que si tu venais accompagné aux fêtes de famille, tu t'intéresserais un peu moins à moi, Constantine », avait-elle contre-attaqué. »

« Je ne fréquente aucune femme. »

« J'ignorais que tu avais fait vœu de célibat. »

À ces mots, il avait esquissé un sourire malicieux, soudain impatient de voir s'il pouvait la faire rougir, s'il pouvait prouver ce qu'il soupçonnait, à savoir qu'elle finissait toujours par lui parler quand elle venait chez ses parents. Leur alchimie était telle qu'elle ne pouvait rester à l'écart.

« Je n'ai jamais dit que j'étais célibataire et je n'ai pas besoin de jouer, avec les femmes. Elles ne viennent pas me voir pour aller dîner, elles ne viennent que pour le dessert. »

« Et pour les plaisanteries spirituelles », avait-elle ajouté.

« Non, pour le dessert, et pour les orgasmes. »

Sitôt ces mots prononcés, il avait compris qu'il avait exagéré. L'air était soudain devenu plus épais entre eux, les étincelles plus palpables, et le malaise l'avait saisi.

Aujourd'hui, il aurait dû être en colère contre elle, elle avait caché sa grossesse à sa famille ! D'ailleurs, il était en colère, pour de nombreuses raisons, mais il n'arrivait pas à extérioriser sa colère. Même à travers une vieille porte, Morgan l'ensorcelait.

— Je ne partirai pas, reprit-il, et malheureusement pour toi, personne ne viendra à ton aide si je défonce la porte. Cet immeuble est un taudis. Tu n'y es pas en sécurité.

— Je n'ai pas peur. Je sais que tu ne me feras pas de mal, Constantine.

— Parce que tu sais qui je suis ?

La porte s'entrouvrit soudain et, satisfait, il esquissa un sourire. Il l'avait coincée.

— Que veux-tu ?

— Je pense que c'est évident. Je suis ici pour réclamer l'enfant de mon frère.

Sans enlever la chaîne, Morgan jeta un coup d'œil par l'embrasure de la porte. Avait-elle bien entendu ?

L'enfant de mon frère… Il savait ? Mais… Comment ?

— Mes parents sont fous de joie à l'idée qu'Alex ait un enfant. Ce qui s'est passé entre nous n'a pas d'importance, Morgan. Ce qui compte, c'est que tu leur as redonné de l'espoir, tu leur as apporté de la joie alors qu'ils se morfondaient. Quand mon père a vu l'article…

— L'article ?

— Dans le journal, hier.

— C'est impossible.

— Bien sûr que si.

— Je ne l'ai pas vu.

— Tu lis les journaux à scandale ?

— Eh bien, non, mais je l'aurais fait si j'avais su qu'on allait parler de moi.

— Si tu me laisses entrer, je te le montrerai.

— Je suis tout à fait capable de faire une recherche sur Internet toute seule.

Sans attendre, elle referma la porte puis attrapa son téléphone et fit une rapide recherche. Quelques secondes plus tard, la photo apparut sur son écran, une photo prise dans l'épicerie au moment où elle remettait ses lunettes de soleil, lorsqu'elle avait eu l'impression d'être paranoïaque.

— Icône du style minimaliste…

Abasourdie, elle zooma sur la photo.

— J'ignorais tout, cria-t-elle à Constantine.

Qu'il n'imagine surtout pas qu'elle avait tout manigancé.

— Ouvre la porte, nous devons parler. Ensuite, tu viendras avec moi. Ma mère n'a jamais été aussi heureuse depuis la mort d'Alex, tu ne peux pas la priver de ce bonheur.

Perdue, elle demeura immobile et réfléchit. À l'évidence, Constantine ignorait qu'elle était vierge avant de coucher avec lui et il pensait qu'elle portait l'enfant d'Alex. Elle lui avait donné sa virginité. Il avait été son premier amant, le seul homme qu'elle ait jamais vraiment désiré, et il n'en avait pas la moindre idée… En fait, il n'avait aucune idée de qui elle était. Il ignorait à quel point leur connexion avait été spéciale pour elle, et à quel point elle allait à l'encontre de toutes ses convictions.

Peu importe ce qu'il pense, il ne veut pas d'enfant. Mais peut-être ce bébé est-il un moyen pour toi de donner un peu de joie aux parents d'Alex, tout en conservant ta liberté.

En tout cas, tel était le récit auquel Constantine voulait croire.

Es-tu vraiment surprise ?

Non. Elle savait qu'il ne voulait pas d'enfant, elle avait juste enfoui ce souvenir dans un coin reculé de son cerveau, pour ne pas y penser. Ces derniers mois, elle était devenue très, très douée pour le déni.

Elle avait tout fait pour tenter d'oublier sa nuit torride avec Constantine. En vain. Elle était gravée dans sa mémoire, tout comme tous les moments passés au domaine des Kamaras, lorsqu'elle fréquentait Alex. Mais ces souvenirs tournaient tous autour de Constantine. Toujours. Elle n'allait jamais là-bas pour lui et pourtant, ils se trouvaient toujours, ils finissaient toujours par se parler, un peu comme si des forces plus fortes qu'eux les poussaient l'un vers l'autre. Même lorsque d'autres personnes étaient présentes dans la pièce, il était au centre de ses préoccupations.

« Je ferai un excellent père, je suis un expert dans tout ce qui est important, les voitures de sport, les belles femmes et les bons vins », lui avait expliqué Alex, un jour.

« Et si tu avais une fille ? »

« Cela ne ferait aucune différence, je suis pour l'égalité des chances. »

Alex l'avait regardée avec des yeux brillants et sa gorge s'était aussitôt nouée. Puis Constantine avait tourné son regard noir vers elle et, comme hypnotisée, elle avait arrêté de respirer.

« Et toi, Constantine ? lui avait demandé Alex, que vas-tu apprendre à tes enfants ? À lancer des regards noirs, à s'isoler pendant des jours et des jours, à ne pas rire à mes blagues ? »

« Un regard noir, quand il est bien dirigé, est un outil utile. Je pense que tu voulais dire travailler, pas s'isoler, et si une blague est mauvaise, je ne ris pas. Ce qui pourrait être la raison pour laquelle tu ne m'entends jamais rire, petit frère. Mais je n'aurai jamais d'enfants, avait-il ajouté d'un ton définitif, alors peu importe si j'ai des talents à transmettre. » « Jamais ? » s'était-elle étonnée.

Elle n'avait pas eu l'intention de l'interroger mais entendre ces mots l'avait rendue triste. Même s'il la troublait, Constantine était un des plus bels hommes qu'elle ait jamais vus, un des plus charismatiques aussi. Il était beau, fort et intelligent, alors pourquoi ne voulait-il pas d'enfant ?

Il l'avait alors regardée, la faisant frissonner de tout son être, et elle avait regretté d'avoir parlé.

« Jamais. »

Elle revint au présent et les questions se bousculèrent en elle. Était-elle en train de chercher un moyen facile de rompre le lien qui l'unissait à lui ? Voulait-elle vraiment éviter de décevoir ses parents ? La croirait-il si elle lui révélait qu'il s'agissait de son bébé à lui ?

Ils avaient passé deux nuits ensemble, et même s'ils avaient fait l'amour plusieurs fois cette dernière nuit, il devait imaginer qu'elle avait souvent couché avec Alex pendant les six mois qu'avait duré leur relation.

— Que se passera-t-il si je ne viens pas avec toi ?

— As-tu vraiment envie de te lancer dans une bataille juridique avec ma famille ?

Il avait raison, ce n'était pas une bonne idée. Elle n'avait aucun pouvoir, pas face à la famille Kamaras. Elle n'était pas riche, au contraire même. Elle vivait dans ce petit appartement misérable, pas idéal pour élever un enfant et… Il avait raison, elle ne serait jamais capable de lutter contre sa famille.

Elle repensa à la petite fille qu'elle avait été, toute seule dans la cuisine jaune.

Tu ne seras plus jamais toute seule.

Elle voulait bien l'avouer, elle n'avait plus envie d'être seule. Cela faisait-il d'elle une femme faible ? Peut-être. Elle était tellement fatiguée de la solitude. Elle n'avait pas aimé Alex, mais elle avait aimé qu'il lui donne une famille. Même quand elle croisait Constantine et qu'il la troublait, elle avait l'impression d'avoir gagné l'affection de toute une famille.

Malheureusement, avec la mort d'Alex, elle avait tout perdu.

— D'accord, je viens.

— As-tu l'intention d'ouvrir la porte ?

Non, pas avant la toute dernière minute. Autant éviter toute tentation inutile.

Son sac à main sur son épaule, elle ouvrit enfin la porte et, aussitôt, son cœur se mit à taper contre sa poitrine.

— Je suis prête.

— Eh bien, s'exclama-t-il en la regardant, quel ventre ! Quand dois-tu accoucher ?

— Je ne sais pas.

Ce n'était pas tout à fait vrai. En utilisant la date de ses dernières règles, et celle de leurs corps-à-corps, elle avait bien calculé la date de l'accouchement, mais celle-ci n'avait pas été confirmée par un médecin.

Elle ferait mieux de lui avouer la vérité, elle le savait. Le problème, c'était qu'elle ne pouvait oublier son refus d'avoir des enfants, ni le manque qu'elle avait ressenti parce que son père ne l'avait pas reconnue. Si elle lui avouait… Que se passerait-il si ses parents apprenaient qu'elle avait trahi Alex, avec Constantine en plus ? Son enfant serait-il rejeté, tout comme elle, elle l'avait été ?

— Pourquoi ne connais-tu pas ta date d'accouchement ?

— Je n'ai pas consulté de médecin.

— Bon sang, Morgan ! C'est la première chose à faire. C'est décidé, demain au plus tard, tu verras un médecin.

— Tu n'as aucun droit de me dire ce que je dois faire !

— Au contraire ! Tu t'es comportée de manière irresponsable en n'annonçant pas ta grossesse à ma famille et en ne consultant pas. Maintenant, tu viens avec moi. Je prends les choses en main.

La tête basse, elle le suivit dans les escaliers.

— Et je n'aime pas que tu prennes les escaliers.

— Je ne suis pas en sucre ! Je ne vais pas perdre le bébé parce que je descends deux étages.

Instinctivement, elle posa la main sur son ventre rond. Elle ne pouvait s'empêcher d'être un peu paranoïaque.

— Je ne m'attendais pas à ce genre de véhicule, lui lança-t-elle en découvrant, quelques minutes plus tard, sa voiture de sport rouge. J'espère que tu conduis plus prudemment qu'Alex.

Il la fixa, son regard noir tellement aiguisé qu'il réveillait tous ses sens.

— Je suis toujours plus prudent qu'Alex. Ou plutôt je l'étais.

Elle ne le corrigea pas. Elle ne lui rappela pas non plus qu'il n'avait pas été prudent, quand ils avaient fait l'amour.

Ils n'avaient en effet pas utilisé de protection, elle ne s'en était souvenue que lorsqu'elle n'avait pas eu ses règles. Leur nuit ensemble était tellement floue, dans sa mémoire, qu'elle avait parfois l'impression qu'il s'agissait d'un rêve, ou d'un conte de fées. Ou plutôt d'une version revisitée de l'histoire de Cendrillon car aucun prince charmant ne l'accompagnait. Elle suivait en silence un prince boudeur dans un conte de fées si fragile qu'il pouvait se briser à tout instant.

Elle savait que ce n'était pas raisonnable et pourtant, elle mourait d'envie de croire à son conte de fées. Déterminée à s'y accrocher coûte que coûte, elle retrouva peu à peu son courage.

— Tu n'as jamais pensé que l'enfant pourrait être le tien ? lui demanda-t-elle aussitôt qu'il démarra. Nous n'avons pas utilisé de préservatifs…

Elle se tut et, inquiète, baissa les yeux. Sa bouche était sèche après avoir prononcé ces mots. Qu'allait-il dire ?

Pour toute réponse, il la fixa et la chair de poule la gagna. Son regard noir la troublait autant que lorsqu'il lui avait annoncé qu'il n'aurait jamais d'enfants.

— Impossible, répliqua-t-il enfin, ta grossesse est bien trop avancée.

Ce n'était pas le cas, elle le savait, même si son ventre était déjà bien rond.

— Ou tu refuses de l'envisager parce que ce serait trop

gênant pour toi. Tu devrais admettre qu'il s'est passé quelque chose entre nous.

Le pousser plus serait, alors pourquoi insistait-elle ? Il ne voulait pas d'enfant, il avait été très clair sur ce point. Le problème, c'était qu'elle était une enfant non désirée et elle refusait de faire subir une telle humiliation à son enfant.

— Qu'attendais-tu de moi ? Que je t'embrasse pendant l'enterrement, tandis que tu jouais le rôle de la veuve éplorée ? Nous connaissons tous les deux la vérité, votre relation était terminée, et pour une bonne raison, il t'avait trompée. Nous savons également que nous avons fait une bêtise. Je le regrette mais tout cela n'a plus d'importance, aujourd'hui. Alex est mort, il ne pourra jamais se défendre ou donner sa version de l'histoire. Sa réputation est gravée dans la pierre et nous en sommes les gardiens. Elle ne changera que si nous parlons, n'est-ce pas ?

— Je… Oui, sans doute.

Cette idée la rendait triste. Alex avait été un homme tellement facile à aimer. Il avait juste fait des erreurs, de nombreuses erreurs.

— Beaucoup de gens font des erreurs, reprit-il comme s'il pouvait lire dans ses pensées. La seule différence, c'est qu'Alex n'a plus la possibilité de se racheter. Une de ses erreurs l'a tué, sans lui laisser de seconde chance.

— Je suis tellement désolée.

C'était la vérité, elle était désolée, parce qu'Alex avait été plein de vie et charmant, et même si elle comprenait aujourd'hui qu'il n'était pas l'amour de sa vie, elle avait aimé les moments passés avec lui.

— Raconte-moi, Morgan, comment vous êtes-vous rencontrés ?

— Tu connais déjà l'histoire.

— Je connais ta version et ce que je me suis permis d'en penser. Je croyais que tu t'intéressais à lui pour sa fortune mais le fait que tu ne sois pas venue réclamer de l'argent pour le bébé, alors que tu aurais pu, a changé ma vision de la situation et aujourd'hui, je voudrais comprendre un peu mieux ta relation avec lui.

— Je suis tombée sous son charme, tout simplement. Un jour, il a surgi au bar. Avec son costume sur mesure, il ne semblait pas du tout à sa place. Il n'était pas snob pour autant, il était sociable et quand il me complimentait, je n'avais pas l'impression qu'il voulait me mettre dans son lit, ce qui était rare. Les hommes flirtaient souvent avec moi, au bar, certains me faisaient même des avances directes mais Alex était différent. Il affirmait vouloir apprendre à me connaître, et c'est ce qu'il a fait. Il m'a traitée avec le plus grand respect. Je suis tombée amoureuse de lui, bien avant de découvrir qu'il était Alex Kamaras, l'homme dont j'avais vu le nom dans la presse. Lorsque j'ai compris sa position sociale, j'ai eu peur. Je n'avais jamais espéré rencontrer quelqu'un comme lui.

Avec Alex, elle n'avait ressenti que de la joie. Il faisait palpiter son cœur à chaque fois qu'il lui souriait. Puis elle avait rencontré Constantine, et des étincelles s'étaient mises à pétiller entre eux, une alchimie rare et brute était apparue.

Elle avait eu le béguin pour Alex tandis que ce qu'elle éprouvait pour Constantine était purement sensuel et sexuel. Comme elle était vierge, elle ne l'avait pas compris, elle avait préféré se concentrer sur les sentiments légers et faciles qu'elle éprouvait pour Alex.

— J'ai du mal à y croire, rétorqua-t-il.

— Je sais, et je comprends pourquoi. Tu dois penser que tout le monde en veut à ton pouvoir et à ton argent.

— En effet. Une famille comme la mienne, avec une histoire qui remonte aussi loin, attire les regards et la convoitise. En Grèce, les Kamaras font partie de la noblesse.

Les souvenirs remontant à sa mémoire, elle sourit.

— Alex était fier de me rappeler qu'il était comte. J'imagine cependant que les milliards séduisent plus que les titres de noblesse. De mon côté, je n'ai rien à offrir à un homme, à part…

— À part ta beauté ?

Elle approuva d'un hochement de tête.

— Je ne suis pas riche, je ne suis pas influente. Jusqu'à récemment, j'étais une simple serveuse. Certains clients voyaient mon corps comme une marchandise, mais pas Alex.

— Avec les autres femmes, il était un vrai séducteur.

— J'ai mis du temps à comprendre qu'il possédait cette autre facette. Avec moi, il était différent. En tout cas, j'ai envie de le croire.

— C'était le cas, je te le confirme.

À cette idée, elle se sentit soudain plus heureuse, peut-être. Ou plus triste. Savoir qu'il ne l'avait pas considérée comme les autres femmes lui faisait plaisir. Mais lui aurait-elle pardonné, s'il avait vécu ? Non. Pas après ce qui s'était passé avec Constantine. Impossible. Elle l'aurait perdu, plus à cause de sa propre découverte du désir, qu'à cause de sa tromperie.

Ils arrivèrent enfin dans le grand domaine en dehors de la ville où vivait la famille Kamaras.

Elle avait appris, en écoutant certaines conversations, que Constantine possédait des résidences à Boston, mais aussi à New York, à Los Angeles et en Grèce. Elle ne savait pas grand-chose d'autre sur lui. Lorsqu'il l'avait accusée de courir après l'argent de son frère, elle s'était juré de ne jamais chercher à obtenir des informations sur lui ou sa famille.

Le magnifique manoir apparut devant son regard et son ventre se serra sous le coup de l'émotion. À moins que ce ne soit sous les coups de pied du bébé.

Sitôt que Constantin gara la voiture, Delia sortit de la maison, se précipita vers elle et la serra dans ses bras.

— Ma chérie, vous n'avez pas idée à quel point je suis heureuse. Vous auriez dû venir plus tôt !

L'émotion la gagna. Sa propre mère ne l'avait jamais regardée avec autant d'affection. Delia Kamaras la regarderait-elle toujours avec amour si elle connaissait la vérité ? Si elle apprenait que le bébé n'était pas l'enfant de son Alex adoré, si elle apprenait qu'elle et Constantine…

— Je ne savais pas quoi faire, bafouilla-t-elle, mal à l'aise.

Après réflexion, elle ne pourrait pas mentir aux parents d'Alex. Impossible. Ce qui voulait dire qu'elle allait devoir leur parler à un moment ou un autre.

— Vous allez rester ici, reprit Delia. Nous prendrons soin de vous.

— Mon appartement est très bien, vous n'avez pas de besoin…

— Non, il est dangereux, intervint Constantine. Il ne convient pas à un descendant de la famille des Kamaras.

— Vous allez rester ici et tout notre personnel sera à votre disposition, renchérit Delia. C'est ainsi que l'on traite les membres de la famille Kamaras. Vous n'aurez plus jamais à lever le petit doigt, je vous le promets. Vous êtes un ange.

Gênée, elle regarda Constantine. Son visage était fermé.

— Nous allons vous préparer une chambre. Quand devez-vous accoucher ?

— Je…

— Elle ne sait pas, la coupa Constantine. Elle n'a pas encore consulté.

— Dans ce cas-là, nous allons tout de suite prendre un rendez-vous pour vous. Le médecin viendra ici. Mon mari et moi sommes sur le point de partir, Saint-Tropez nous attend, mais ne vous inquiétez pas, nous serons de retour pour la naissance de l'enfant.

Elle regarda à nouveau Constantine. Son expression demeurait indéchiffrable.

— Constantine va vous montrer votre chambre.

Delia la serra dans ses bras avant de disparaître.

— Mes parents sont vraiment taillés dans le même bois qu'Alex.

— Que veux-tu dire ?

— Ils sont ravis que tu sois là, ils veilleront à ce que tu disposes de tout le nécessaire, mais ils ne manqueront pas une fête pour toi.

— Une fête ?

— Ce sont des professionnels des soirées mondaines.

Ils ne travaillent pas pour l'entreprise familiale, ils seraient obligés de se poser, de réfléchir, or ce n'est pas leur genre. Ils préfèrent fuir leurs problèmes, un verre de champagne à la main.

Elle savait la douleur qu'ils avaient endurée récemment, mais à écouter Constantine, elle avait l'impression qu'il ne parlait pas uniquement des cinq derniers mois.

— De mon côté, reprit-il avant qu'elle ait eu le temps de l'interroger, je gère l'entreprise. Mon grand-père m'a légué la direction des industries Kamaras.

— Je vois.

Pour la première fois, elle voyait clairement la différence entre Alex et Constantine. Ce dernier faisait tourner l'entreprise familiale, il gagnait de l'argent pendant que le reste de sa famille le dépensait. Quel poids pour ses épaules !

Elle était souvent venue dans la propriété de la famille Kamaras, elle avait admiré le magnifique jardin parfaitement entretenu, l'étonnante architecture, mais elle n'y avait jamais passé la nuit.

À l'idée que Constantine lui attribue une chambre, l'angoisse la saisit.

— Je refuse de dormir dans la chambre d'Alex.

— Ne t'inquiète pas. Nous savons tous les deux à quel point ce serait inapproprié. De toute façon, sa chambre est devenue un sanctuaire. Mes parents refusent que l'on y touche, ce qui est compréhensible.

— Oui, répondit-elle d'une voix étouffée.

— En dépit de ses défauts, j'aimais beaucoup mon frère.

— Que tu le croies ou non, j'ai beaucoup aimé ton frère, moi aussi.

— Je te crois. Maintenant.

La tension s'installa entre eux, si épaisse qu'elle avait du mal à respirer. Si Constantine percevait cette ambiance électrique, il ne le montrait pas. Son corps musclé semblait absorber la totalité de cette tension. Il semblait la digérer facilement alors qu'elle, elle avait du mal.

En fait, depuis qu'elle l'avait rencontré, elle ne savait jamais comment se comporter à ses côtés tandis que lui semblait toujours maître de ses émotions.

Dès le début, il avait eu l'air de la détester et pourtant il avait passé des soirées entières à discuter avec elle. Même lorsqu'il lui lançait des mots durs, il l'attirait, il l'aimantait. À partir de quand avait-elle commencé à être plus impatiente de le voir lui que de voir Alex ? Elle ne se souvenait pas mais ce moment était arrivé très vite.

Elle avait beau se plaindre intérieurement de la façon dont il semblait la mépriser à chaque fois qu'elle le croisait, elle cherchait son regard. À chaque fois.

Tout comme lui, d'ailleurs.

Cet homme réveillait des parties d'elle qu'elle avait souhaité garder cachées. De son côté, il n'avait aucun mal à gérer son désir, il avait déjà eu de nombreuses partenaires.

Il était si doué pour faire l'amour qu'il lui avait fait perdre la tête et maintenant, elle allait souffrir car elle ne pourrait jamais oublier. Jamais.

Que se passerait-il lorsque la vérité serait révélée ? Constantine continuerait-il à nier l'évidence ?

Ce qu'elle voulait pour l'instant, c'était un sursis. Elle n'avait pas envie de prendre la décision, pas encore, et tant pis si cela faisait d'elle une femme lâche.

— Viens, fit-il.

Incapable de refuser, elle était à bout de forces, elle obéit.

Ils passèrent devant sa chambre et elle retint son souffle mais ils continuèrent à avancer jusqu'à une pièce fermée par une double porte sculptée.

— Cette propriété est très ancienne. Autrefois, cette chambre était le refuge de la maîtresse de maison. Personne dans ma famille ne l'a jamais utilisée, mais ma mère l'a toujours trouvée intéressante alors elle a passé beaucoup de temps à en perfectionner la décoration.

Il ouvrit la porte, dévoilant alors à son regard un décor digne d'un conte de fées.

Un mur était orné de petits papillons et de fleurs en papier, comme une cascade de couleurs descendant du plafond. Placé sous un majestueux lustre doré, l'immense lit à baldaquin était habillé de mousse et de tissus vaporeux. Dans un coin, elle apercevait une cage à oiseaux dorée avec…

— Ce sont des colombes ?

— Oui. Ce sont les animaux de compagnie de ma mère. Si elles te dérangent, je peux les déplacer dans une autre pièce.

— Cette chambre me fait penser à une forêt.

— C'est l'idée. Je crois que ma mère cherchait à reconstituer un bois peuplé de fées. Elle a pensé que cette chambre te plairait pour ton séjour ici.

Mal à l'aise et complètement dépassée par le fossé entre elle et les Kamaras, elle ferma les yeux et réprima un soupir. Comment avait-elle pu croire qu'une histoire était possible entre Alex et elle ? Comment avaient-ils même pu se rencontrer ?

Son aventure avec Constantin n'avait été que temporaire. Le fossé entre eux ne pourrait jamais être comblé. Il n'était pas seulement un homme riche et puissant, il était Constantine Kamaras et elle était Morgan Stanfield. Ils ne vivraient jamais du même côté du fossé.

À cette idée, son sentiment de solitude se renforça et elle baissa la tête.

— Que se passe-t-il ?

— Rien. C'est juste que… Je ne sais pas comment me comporter dans une chambre telle que celle-ci.

— C'est simple. Il te suffit de t'allonger sur le lit.

Il la regarda fixement et des étincelles se mirent à pétiller entre eux.

— Je ne pense pas que ce soit aussi simple.

— Peu importe. Le médecin sera bientôt là.

— Le médecin ? Attends ! J'ai laissé toutes mes affaires chez moi et…

— Un membre du personnel ira les chercher. De toute façon, tu n'auras pas besoin de grand-chose, tu trouveras ici tout le nécessaire.

— Je ne suis pas à vendre, Constantine ! Tu ne peux pas me traiter comme une de tes possessions !

— Ne te méprends pas, tu ne m'appartiens pas, tu appartiens à ma famille. En attendant, repose-toi, le médecin sera bientôt là.

Sans un mot de plus, il sortit, la laissant seule, perdue dans ce décor de conte de fées.

4.

Le médecin arriva et Constantine se dit qu'il ferait mieux de sortir et de le laisser travailler. Mais il ne bougea pas. Impossible, ses pieds étaient comme fondus dans du béton. Il voulait être présent, il voulait entendre. Cette grossesse était de sa responsabilité. Il s'agissait de l'une des nombreuses responsabilités qui lui incombaient, avec la gestion de l'entreprise familiale et… Et tout le reste.

Non, la vérité était qu'il était juste intéressé.

Tendu, il conduisit l'homme et son infirmière à l'étage et frappa à la porte de la chambre.

Sitôt que Morgan répondit, son désir se réveilla, comme une bête, si féroce qu'il pouvait à peine cacher sa réaction, y compris devant le docteur. Comme aurait-il pu faire comme si de rien n'était alors que Morgan ne portait rien d'autre qu'un épais peignoir blanc ?

— Le docteur est arrivé.

— Ah… fit-elle d'une petite voix.

— Ne vous inquiétez pas, mon enfant, lui lança l'homme. J'ai beaucoup d'expérience, j'ai suivi toutes les grossesses de Delia.

Cette information trahissait l'âge avancé du médecin mais elle indiquait surtout que l'héritier d'Alex méritait le même traitement préférentiel que son père.

— Nous allons commencer par des questions simples, lui expliqua le Dr Papasifakis.

L'homme parlait d'une voix si douce qu'il vit Morgan se détendre peu à peu.

— Asseyez-vous.

Elle obéit et s'installa dans un fauteuil habillé de velours pourpre.

Dans cet imposant fauteuil, au milieu de cette chambre au décor fabuleux, elle lui faisait penser à une fée… Une séduisante fée… Une envoûtante… Stop, ce n'était pas le moment de fantasmer.

Il serra les dents et reporta son attention sur le docteur.

— À quand remontent vos dernières règles ? demanda celui-ci.

Morgan répondit et il se força à ignorer ses réponses. Il laissa les dates, y compris la date d'accouchement prévue, se perdre dans son esprit et pensa plutôt à Alex, à tout ce que ce dernier allait rater.

Tout ce qu'il faisait aujourd'hui n'avait qu'un but, honorer la mémoire de son frère et protéger son héritage. C'était sa seule motivation.

Au bout de quelques minutes, le médecin demanda à Morgan de s'allonger sur le lit, pour l'échographie.

— Constantine… Pourriez-vous…

— Je vais me retourner.

— Je… commença Morgan d'une petite voix gênée.

Il avait bien envie de lui rappeler qu'elle n'avait aucune raison d'être mal à l'aise, il l'avait déjà vue nue. Il se retint cependant, cette information ne regardait pas le médecin. Malgré le désir qui rugissait en lui, il se retourna donc et se concentra plutôt sur le papier peint devant lui, sur les papillons en papier, aussi délicats et fragiles que Morgan, mais aussi plus complexes qu'il ne le pensait. Qu'il était facile de passer à côté de détails apparemment insignifiants mais pourtant importants… À cette idée, l'émotion l'envahit et sa gorge se noua.

— Nous y voilà, annonça le docteur tandis qu'un étrange

battement, sourd et régulier, remplissait soudain la pièce. Vous pouvez entendre le cœur. C'est un garçon.

— Oh ! fit Morgan pour toute réponse.

Un garçon… Un garçon comme Alex… Sa mère et son père allaient être fous de joie.

— Et voici un autre battement de cœur. C'est une fille. Vous attendez une fille et un garçon.

À ces mots, son sang se transforma en glace dans ses veines. Incapable de se retenir plus longtemps, il pivota d'un geste brusque.

— Des jumeaux ?

Des jumeaux…

— Oui, des jumeaux, acquiesça le Dr Papasifakis. Voilà pourquoi son ventre est déjà aussi rond alors qu'elle n'en est qu'à cinq mois à peine.

Abasourdi, il baissa les yeux vers elle, vers la peau pâle de son ventre nu. Deux bébés…

Cinq mois.

— Cinq… Cinq mois, marmonna-t-il tant bien que mal, incrédule.

Et des jumeaux ? C'était impossible. C'était une mauvaise blague. Il ne voulait pas d'enfants. Jamais !

Des jumeaux…

Son frère désirait des enfants. Il rêvait d'être père, et aujourd'hui, il n'était plus là. Si ces bébés étaient bien ceux d'Alex, ils représentaient un nouveau châtiment pour lui. S'ils étaient de lui… Non, impossible. Ils ne pouvaient pas être les siens. Il n'avait passé que deux nuits avec Morgan et, connaissant Alex comme il le connaissait, son frère avait dû coucher avec elle un nombre incalculable de fois pendant les six mois qu'avait duré leur relation.

À cette idée, la rage le saisit, une rage noire.

Elle était à lui. Elle était à lui et tu lui as volé.

Ces bébés devaient être les enfants d'Alex. Il avait besoin qu'ils soient les bébés de son frère.

Il n'avait pas protégé Athena et elle avait disparu. Aujourd'hui, c'était Alex qui avait disparu.

— Quelle bénédiction pour la famille Kamaras, reprit le docteur. Ces deux enfants vont pouvoir perpétuer l'héritage d'Alex.

Les enfants d'Alex…

Il fallait qu'ils soient les enfants d'Alex.

— Que faut-il savoir concernant une grossesse gémellaire ? Y a-t-il des points à surveiller ou…

— Morgan est jeune et en bonne santé. Il n'y a aucune raison de considérer qu'il s'agit d'une grossesse à risque. L'accouchement sera sans doute prématuré, c'est fréquent avec les jumeaux, mais il n'y a pas lieu de s'inquiéter.

Le médecin parlait comme un homme qui avait plus de quarante ans d'expérience dans ce domaine. C'était d'ailleurs le cas, il devait donc lui faire confiance. Pourtant, il n'y arrivait pas, peut-être parce qu'il était sous le choc. Il était tellement abasourdi qu'il avait du mal à respirer. Un soupçon grandissait en lui et formait un poids sur sa poitrine. Pourtant, il connaissait la vérité, il n'avait aucune raison de douter.

— Et si nous faisions un test de paternité, proposa-t-il soudain, juste pour vérifier qu'Alex est bien le père.

— Ce ne sera possible qu'après la naissance des bébés. Procéder à un test in utero est trop risqué avec des jumeaux.

— Je vois.

— De toute façon, j'imagine qu'il ne s'agit que d'une formalité.

— En effet, répondit-il d'un ton aussi détendu que possible. Merci pour tout, docteur. Le majordome va vous raccompagner.

Le médecin parti, il se tourna vers Morgan. Assise sur le lit, elle serrait nerveusement son peignoir.

— Tu le savais, n'est-ce pas ?

— Ma date prévue d'accouchement ? Je m'en doutais, oui.

— Malgré tout, tu m'as laissé croire que la grossesse était plus avancée qu'elle n'est.

— Je t'ai dit que je n'avais pas consulté de médecin.

Je t'ai aussi demandé si tu étais prêt à envisager l'idée que l'enfant puisse être…

— Les enfants, corrigea-t-il.

— J'ignorais qu'il s'agissait de jumeaux. Pour être honnête, je ne savais pas pourquoi j'étais aussi grosse. Je pensais juste que c'était dû à la position du bébé dans mon ventre.

— Y a-t-il des jumeaux dans ta famille ?

— Je ne sais pas. Ma mère est fille unique et je ne connais pas mon père.

— Mes parents ont besoin que ces enfants soient ceux d'Alex.

Il regarda une larme couler sur sa joue. Elle semblait bouleversée.

— Je pense que c'est toi, qui as besoin que ces enfants soient ceux d'Alex, marmonna-t-elle avant de prendre une profonde inspiration. Après leur naissance, nous pourrons faire un test de paternité, si tu veux.

— Ce sont ses enfants. Les chances qu'ils ne le soient pas sont quasi nulles et tant mieux pour eux.

Blême, elle ne répondit pas. Elle ne pouvait tout de même pas espérer que les enfants soient les siens. Pourquoi le voudrait-elle ? Parce qu'Alex l'avait trahie ?

À sa manière, Alex éprouvait des sentiments pour elle. Lui, il ne ressentait rien. Depuis qu'il avait huit ans, depuis la disparition d'Athena, son cœur était sec.

Ce soir-là, il retourna dans son appartement en ville mais, incapable de se poser, il ne se coucha pas. Il passa des heures à faire les cent pas, à chercher des réponses à toutes les questions qui le tenaillaient.

Il n'était pas un homme indécis, jamais. Ce soir, cependant, toutes ses questions demeuraient sans réponse. Sauf une. Quelle que soit la filiation des bébés qu'elle portait, il était sûr d'un point, Morgan devait devenir une Kamaras.

Malgré cette certitude, la rage continuait à rugir en lui. Pourquoi ? Et d'où venait cette colère ? Peut-être du fait que les enfants pouvaient ne pas être ceux d'Alex, et pouvaient être les siens.

Toute la soirée, Morgan demeura en état de choc. Elle attendait deux enfants ? Un garçon et une fille ? Elle n'en revenait pas. Elle était tellement abasourdie qu'elle ne savait même pas quoi ressentir. Ce qu'elle savait, par contre, c'était que ces bébés étaient les enfants de Constantine.

Elle aurait dû lui dire la vérité.

Elle ne lui avait pas menti, tout à l'heure. Elle n'avait simplement pas insisté sur le fait qu'aucun test n'était nécessaire.

Que veux-tu exactement ? Tu voudrais qu'il sache sans avoir à lui avouer ?

Non, elle n'était pas lâche à ce point. Le problème, c'était juste que… Depuis son plus jeune âge, elle se sentait seule. Aujourd'hui, elle allait avoir deux enfants. Pour la première fois depuis longtemps, elle ne serait plus seule et cette nouvelle l'ébranlait au plus profond d'elle. Elle la bouleversait.

Deux enfants…

Elle n'avait pas le choix, elle devait le lui dire.

Elle avait juste peur.

Tu as peur qu'il te rejette, qu'il les rejette.

Il voulait que les enfants soient ceux d'Alex. En lui avouant la vérité, elle risquait de provoquer un nouveau sentiment de perte en lui, et peut-être de le rendre amer envers les enfants.

Je n'aurai jamais d'enfants. Jamais.

Pourquoi ne voulait-il pas d'enfant ? Elle était curieuse mais, en même temps, elle redoutait de lui poser la question.

Quand elle s'endormit enfin, les images de Constantine remplirent ses rêves. Un Constantine sombre et menaçant, mais aussi un Constantine passionné et presque tendre, comme lors de leur dernier corps-à-corps.

Lorsqu'elle se réveilla, le lendemain matin, elle recommença à pleurer. Elle ne pouvait pas se retenir.

Le chagrin qui l'avait envahi, cinq mois plus tôt, était-il

vraiment dû à la perte d'Alex ? Peut-être avait-elle simplement été triste car elle n'avait plus l'occasion de voir Constantine.

Elle soupira. Elle ne savait plus, elle était perdue.

Entendant soudain frapper, elle se redressa dans son lit. Presque aussitôt, les doubles portes de sa chambre s'ouvrirent et Constantine entra, poussant le chariot du petit déjeuner.

Il était tôt et pourtant, il portait déjà un costume sombre. Il était aussi beau que la veille mais elle apercevait des cernes, sous ses yeux. Avait-il aussi peu dormi qu'elle ?

— Bonjour, lui lança-t-il.

Cette salutation lui ressemblait si peu qu'elle éclata de rire.

— Que se passe-t-il ?

— Désolée. Je ris parce que tu m'as apporté le petit déjeuner et que tu m'as dit bonjour. Tu es presque humain, ce matin.

— Ne fais pas l'erreur de me croire humain ! rétorqua-t-il en la foudroyant du regard.

— Tu avais pourtant tout d'un homme, lorsque nous avons couché ensemble.

— Tu n'as jamais lu de mythologie, Morgan ? Même les monstres peuvent faire l'amour.

Elle repensa à leur aventure et, émue, retint son souffle. Elle le revoyait, fort et puissant, allant et venant en elle tel un dieu bronzé et dominateur.

Non, il n'était pas un monstre, elle en était certaine. Il était ferme, il était dur, mais il n'était pas un monstre. Mais il n'était pas totalement humain non plus. De cela, elle était certaine également.

— J'ai pris une décision, lui annonça-t-il soudain.

Inquiète, elle se figea. Allait-il accepter l'idée que les enfants puissent être les siens ?

— Nous allons nous marier.

Pour toute réponse, elle écarquilla les yeux. Avait-elle bien entendu ?

— Il n'y a pas d'autre solution, Morgan. Ces enfants font partie de ma famille, ils doivent porter le nom de Kamaras. Je veux leur offrir ma protection.

— En tant qu'oncle ou en tant que père ?

— Ne t'inquiète pas, je ferai tout pour qu'ils connaissent leur père et qu'ils sachent quel homme il était.

— Et si c'était toi, leur père ?

— Ce n'est pas le cas.

— Tu en es sûr ?

Dans la pénombre, elle pouvait apercevoir des lueurs dans ses prunelles. Il ne s'agissait pas d'assurance, mais de douleur. Une douleur telle qu'elle lui serrait le cœur.

— Alex est mort. Il avait des défauts, il t'a trahie, mais à bien des égards, il était aussi le meilleur d'entre nous. Il était drôle, solaire…

Il semblait hésiter. Pour la première fois, elle percevait de l'émotion en lui.

À l'exception du moment où il lui avait fait l'amour.

— Je sais, répondit-elle enfin.

Il avait raison. Alex était solaire. Il rayonnait, peut-être trop d'ailleurs. Elle aurait sans doute été misérable, si elle l'avait épousé. Comme tous les astres, Alex ne pouvait pas être enfermé. Il aurait continué à rayonner partout où il passait, il n'aurait jamais pu s'engager uniquement envers elle, or c'était ce qu'elle désirait.

Alex n'aurait jamais voulu lui faire du mal, elle le savait, il n'était pas un homme cruel. Il était simplement… Il aimait autant les autres que lui-même, cela faisait partie de son charme.

Sa disparition était vraiment injuste.

Mais ce n'était pas parce qu'il était un homme bien que les enfants qu'elle portait étaient les siens. Par contre, Constantine semblait avoir besoin que ces bébés soient ceux de son frère. Il semblait refuser l'idée même que leurs rapports aient pu être à l'origine de sa grossesse.

Mal à l'aise, elle avala tant bien que mal sa salive. Tout à coup, elle se sentait piégée, prise entre deux vérités impossibles, son besoin de lui faire savoir qu'il n'y avait eu que lui et son besoin de protéger les bébés, de se protéger elle-même. Son besoin désespéré de dire la vérité et de la cacher en même temps.

— Je ne suis pas en colère contre lui. Comment le pourrais-je ?

S'il était mort alors qu'elle était encore amoureuse de lui, la douleur aurait été insupportable. Mais il l'avait trahie juste avant et elle avait compris qu'elle ne pouvait pas passer sa vie à ses côtés. D'une certaine façon, sa trahison avait été un cadeau.

Quant à ce qu'elle avait appris sur elle-même cette nuit-là... Eh bien, c'était cette nuit-là que sa situation s'était compliquée. Certaines des leçons qu'elle avait apprises sur elle-même étaient en effet moins que flatteuses et lui faisaient remettre en cause toutes ses convictions.

Revenant au présent, elle fixa Constantine, sa demande en mariage tournant en boucle dans sa tête.

Demande... Demande... Le mot était mal choisi. Il s'agissait davantage d'un ordre.

— Tu es en train de me dire que tu ne seras pas une figure paternelle pour les bébés.

— Je serai leur protecteur, et je ferai en sorte qu'ils sachent...

— Ai-je le choix ?

Elle n'était pas idiote. Constantine était un homme puissant. Il avait beaucoup plus d'influence qu'il ne le laissait croire. Il était riche, il possédait des titres de noblesse, alors que jusqu'à récemment, elle n'était qu'une petite serveuse.

Si un test ADN était fait, il prouverait qu'il était bel et bien le père des enfants et son influence ne ferait qu'augmenter. Il agirait alors comme un oncle essayant d'obtenir la garde des enfants.

Elle savait ce qu'il découvrirait, si elle allait trop loin. Elle savait ce qui se passerait, si elle refusait de l'épouser.

— Mes parents sont ravis. Si nous nous marions, ils pourront voir grandir les enfants, passer leurs vacances avec eux...

— Le mariage n'est pas nécessaire. Rien ne m'empêche de partir en vacances avec toi, je...

— Quelles sont les autres solutions, Morgan ? Tu as fini tes études, oui, mais as-tu un travail ?

— Non, répondit-elle en pensant à son diplôme d'hôtellerie durement gagné.

Elle avait arrêté de travailler au bar quand elle avait commencé à sortir avec Alex et elle n'avait pas repris son poste depuis qu'elle avait compris qu'elle était enceinte. Elle vivait des quelques économies qui lui restaient.

À l'avenir, elle s'imaginait bien directrice d'un des beaux hôtels historiques de Boston, un emploi bien rémunéré qui lui permettrait d'être indépendante. Elle était fière du travail qu'elle avait fourni pour y parvenir car personne ne l'avait aidée, du moins jusqu'à Alex.

Qu'adviendrait-il de ses rêves, après la naissance ? S'agissaient-ils vraiment de rêves si elle n'en avait pas besoin pour vivre ? Si elle était financièrement prise en charge, que ferait-elle de sa vie ? Que voulait-elle ?

— Tu n'as pas le choix, Morgan. Ce n'était pas une demande.

Il ne lui demandait pas sa main, il l'exigeait. Elle l'avait bien compris.

— Quand ?

— Aussi vite que possible, ta grossesse est déjà bien avancée. Le mariage aura lieu dans le domaine familial. En Grèce.

— En Grèce ? Mais… Je n'ai pas de passeport.

— Ce n'est pas un problème, je m'en occuperai.

— Je ne vois pas comment tu pourrais forcer le gouvernement des États-Unis à agir rapidement.

— Tu apprendras vite, *agapi*, que je peux faire tout ce qui me plaît. Je ne suis pas un homme qui attend, je suis un homme qui avance. Tu seras ma femme, et tu seras ma femme le plus tôt possible. C'est décidé.

— En Grèce, répéta-t-elle, encore sous le choc.

— Oui.

Il souleva enfin la cloche du plateau qu'il avait apporté, dévoilant une montagne de viennoiserie.

— Voilà qui te mettra peut-être de meilleure humeur.

À leur vue, son estomac se mit à grogner.

— Es-tu en train de me soudoyer avec des croissants ?

— Peut-être.

Il aurait tout aussi bien pu dire qu'il la soudoyait avec du sexe. Les deux l'attiraient tout autant, à cet instant.

— D'un autre côté, reprit-il en lui tendant un croissant, nous savons tous les deux que je n'ai pas besoin de te corrompre.

Elle repensa à son propre père, qui n'avait pas voulu d'elle. Constantine, lui, était prêt à la forcer à l'épouser, pas pour être le père de ses enfants mais pour les garder près de lui.

Qu'espérait-il obtenir en agissant ainsi ? Elle apercevait des lueurs sombres et torturées dans ses prunelles mais elle ne parvenait pas à les interpréter.

— Très bien. J'accepte de t'épouser.

— Attention, il ne s'agira d'un mariage que sur le papier.

Un mariage blanc ? Ces mots lui firent l'effet d'un coup de couteau en plein cœur. Elle s'était donnée à lui, parce qu'elle n'avait pas été capable de se contrôler et parce qu'elle l'avait désiré plus qu'elle n'avait jamais désiré quelqu'un. Et lui, il lui parlait d'un mariage qui n'en serait un que sur le papier ?

Tu seras libre. Tu auras tes enfants, et la famille Kamaras subviendra à tes besoins. Où est le problème ?

Elle aurait dû être heureuse et pourtant, elle avait toujours l'impression d'être sous l'eau, d'être ballottée par un tsunami sans être capable de s'en sortir.

— Bien, se contenta-t-elle de répondre d'une petite voix.

— Prépare-toi.

— Je n'ai pas pris mes affaires.

— Je m'en occuperai.

Il ne parlait pas que de ses bagages mais de sa vie tout entière. Il venait de prendre le pouvoir.

Que lui restait-il ? Elle n'en avait pas la moindre idée. Elle n'avait jamais été aussi terrifiée de toute sa vie. Mais elle n'avait jamais été aussi excitée non plus.

5.

— Je vais l'épouser. C'est le seul moyen pour avoir les enfants avec nous.

— Si j'ai bien compris, répondit son père, elle a refusé de nous les confier en échange d'une forte somme d'argent ?

— Tu as bien compris.

Il ne précisa pas que tout le monde ne considérait pas les enfants comme des objets ou des marchandises négociables. Il n'ajouta pas non plus que tout le monde ne préférait pas faire la fête plutôt que de passer du temps avec ses enfants.

Le comportement récent de ses parents était la conséquence de la perte d'Alex, il le savait. Ils se réfugiaient dans la fête pour oublier. Ils avaient changé leur façon d'élever leurs enfants après la disparition d'Athena, leur relation avec Alex en avait été la preuve, mais avec lui… Il savait ce qu'ils voyaient quand ils le regardaient, c'était la même chose qu'il voyait, lui, quand il les regardait. Leur échec. Son échec.

Après la disparition d'Athena, son grand-père l'avait poussé à devenir plus dur. Il l'avait poussé à s'éloigner de ses parents et de leur insouciance, et il avait obéi.

Son grand-père lui aurait probablement dit de ne pas se sentir coupable ou triste pour Alex. Son frère payait juste le prix de ses excès.

Un homme doit garder le contrôle en permanence.

Lui avait réussi à se contrôler, du moins jusqu'à sa rencontre avec Morgan.

— Elle est belle, reprit son père. Ce n'est pas une mauvaise idée de la prendre pour toi, tu pourras en profiter, notamment au lit. Et la famille restera unie.

Nerveux, il serra les dents.

— Il s'agira d'un mariage blanc. Je ne le fais que pour Alex, pour son héritage et pour ses enfants.

Il ne toucherait plus jamais Morgan.

Alex lui aurait sans doute reproché de se conduire en martyr et il n'aurait pas eu tort. À cet instant, il avait vraiment l'impression d'être consumé par les flammes de la culpabilité.

Il s'était puni de la disparition d'Athena en s'isolant. Il s'était promis de renoncer à tout ce que sa sœur ne connaîtrait pas en faisant croire qu'il se contentait de suivre les leçons de son grand-père mais, en fin de compte, peut-être cherchait-il simplement à se punir.

— Pourquoi insistes-tu à ce point pour jouer les chevaliers blancs ? lui demanda son père, un sourire malicieux au coin des lèvres. Rien ne t'empêche de protéger l'héritage de ton frère tout en profitant de Morgan.

— Le mariage ne m'attire pas.

— Se marier avec la femme de sa vie peut être gratifiant.

— Je préfère la variété.

Son père éclata de rire.

— Personne ne t'a jamais dit que tu pouvais varier les plaisirs tout en étant marié ? Il suffit de jouer cartes sur table avec ta femme.

À défaut de pouvoir fermer ses oreilles, il ferma les yeux. Ce que ses parents faisaient de leur temps libre ne le regardait pas.

— J'imagine que vous viendrez à la cérémonie. Je vais l'organiser à la maison, à Athènes.

— Nous serons présents, et heureux. Cette grossesse est un véritable cadeau du ciel.

Il avait laissé tomber Athena. En protégeant les enfants d'Alex, il prenait soin de son frère, il ne le laissait pas tomber.

« Tu aurais dû la protéger », lui avait dit son père, un jour qu'il était ivre.

« Tu aurais dû nous protéger tous les deux », avait-il failli lui rétorquer.

Aujourd'hui encore, ces mots lui brûlaient la gorge.

Après cette conversation, ses parents étaient partis pendant des semaines en Europe, pour faire la fête, pour tenter d'oublier la douleur de la disparition d'Athena, et peut-être les mots blessants qu'ils lui avaient lancés. Voilà pourquoi, même si sa relation avec eux était parfois difficile, il ne les avait jamais détestés. Il comprenait leur douleur. Cette douleur était la cause de tout.

Athena…

Il était censé protéger Athena et il avait échoué. Il avait également échoué à protéger Alex, au moins de lui-même, puis il lui avait volé sa petite amie.

Et si les bébés étaient les tiens ?

Non. Impossible. Ce serait inacceptable. Impardonnable.

Athena n'aurait jamais d'enfant, il était obligé de se sacrifier et de renoncer à l'amour, au mariage et aux enfants. Il n'avait pas le choix.

— On se verra en Grèce, termina son père avant de raccrocher.

Prêt à partir, il monta les escaliers en courant et ouvrit d'un geste brusque la porte de la chambre de Morgan.

Vêtue de lingerie couleur lilas, elle tenait devant elle une robe d'été. Dommage. Il aurait bien aimé voir quelques centimètres carrés de plus de sa peau laiteuse.

— La voiture nous attend.

— Je suis désolée, je ne suis pas encore habillée. Tu ne m'as pas donné d'heure, tu as seulement dit qu'on partait ce matin.

— Eh bien, je te le dis maintenant, nous partons. Tout de suite.

— D'accord, je me dépêche. Peux-tu te retourner, s'il te plaît ?

Docilement, il obéit. Quand il se retourna à nouveau, l'air lui manqua instantanément. Elle portait une robe blanche qui lui arrivait aux genoux. Avec ses cheveux roux qui formaient comme un halo doré autour de son visage, elle lui faisait penser à une déesse de la fertilité. Elle était si belle, si attirante, si envoûtante…

Il serra les dents pour se maîtriser.

— Allons-y.

Ils s'installèrent tous les deux à l'arrière de la voiture.

— Mes bagages…

— Tout a été envoyé en Grèce, ne t'inquiète pas.

— Tu t'occupes vraiment de tout ! J'imagine que tu as également choisi ma robe de mariée ?

— Oui.

Elle serait resplendissante sur elle, il n'avait aucun doute. Il avait simplement demandé à la créatrice, une couturière de renommée internationale, de créer une robe digne d'une déesse.

— Que penseront tes amis, en apprenant que tu épouses la petite amie de ton frère ?

— Ils penseront la même chose que mes parents, à savoir que je protège l'héritage d'Alex.

— C'est ce que tu penses toi aussi ?

— Oui.

— Ce mariage n'a donc rien à voir avec le fait que tu me désires ?

— Je te désirais, je t'ai possédée, cette question est réglée.

Elle ouvrit la bouche, visiblement choquée par ses mots et il les regretta aussitôt.

Elle s'était livrée corps et âme, lorsqu'elle avait fait l'amour avec lui, il ne pouvait pas l'accuser de l'avoir manipulé. Elle avait simplement cédé à son désir. Elle avait eu envie de lui et elle s'était abandonnée à la volupté, voilà tout.

Il plongea dans ses souvenirs. Cette expérience sexuelle avait été la meilleure de toute sa vie. Pendant un moment, il avait même cru que c'était le caractère interdit de leur relation qui l'avait rendue aussi ensorcelante. Il ne cherchait pas spécialement à briser les interdits. Il avait peu de limites, dans la vie. Il avait de l'argent et du pouvoir, les femmes se jetaient à ses pieds, et quand il le souhaitait, il s'offrait une petite aventure. Mais Morgan était hors limites, ce qui l'avait rendue encore plus attirante, du moins au début.

Aujourd'hui, il comprenait que la situation n'était pas aussi simple. Essayer de réduire leur relation à une aventure sans conséquence était mesquin, or il n'était pas un homme mesquin.

— Si je comprends bien, je ne suis qu'une case à cocher. Coucher avec Morgan, c'est fait !

Elle le provoquait, comme elle le faisait autrefois lors des réunions familiales, avant que son monde ne s'écroule.

— Je n'ai pas besoin de renouveler l'expérience.

— Alors tu ne m'en voudras pas si je me prends un amant, ajouta-t-elle tandis que la voiture prenait le chemin de l'aéroport.

— Pas du tout, rétorqua-t-il comme si de rien n'était alors que la rage lui brûlait la poitrine.

— Je pensais m'engager dans une vie monogame, quand j'ai rencontré Alex, mais tout a changé. Je n'ai pas profité de la vie pendant mes études alors je vais peut-être le faire aujourd'hui.

— Tu es libre, je ne suis pas ton geôlier.

— Puisque tu ne sembles pas préoccupé par mes choix, n'hésite pas à profiter de la vie toi aussi. D'ailleurs, je suis sûre que tu en profites déjà. Après tout, je n'étais rien, pour toi, juste une nouveauté à expérimenter.

— Tout à fait.

Quand le chauffeur s'arrêta au pied de la passerelle de son avion privé, il se tourna vers Morgan et vit qu'elle écarquillait les yeux.

— Tu pensais qu'on prendrait un vol commercial ?

— Je… Je ne sais pas. J'imaginais qu'on allait voyager en première classe ou…

— Je n'ai jamais volé en première classe. Je n'ai jamais pris de vol commercial.

— Et moi, je n'ai jamais pris l'avion.

— C'est incroyable, n'est-ce pas ?

Ils venaient de deux mondes diamétralement opposés, ils n'auraient pas pu être plus différents l'un de l'autre et pourtant, toutes ces raisons lui semblaient tout à coup insuffisantes pour garder ses distances. Il la désirait, désespérément.

Pourtant, elle n'était pas censée être à lui. Pas dans ce sens, en tout cas.

— C'est vrai, c'est incroyable.

Il monta les marches derrière elle, et le regretta aussitôt. Il aurait bien aimé voir l'expression de son visage.

L'avion était aménagé avec luxe. Il comprenait un grand salon avec des canapés en cuir, une chambre et une salle de bains à l'arrière.

— C'est magnifique ! s'extasia-t-elle.

— Dis-moi, dit-il en posant une main sur son épaule pour l'inviter à s'asseoir, pourquoi n'as-tu jamais voyagé ?

Aucune hôtesse ne les servirait, pendant ce vol. Il voulait de l'intimité. Enfin, plus il y réfléchissait, plus il avait des doutes sur ses motivations. Il suffisait qu'il pense à Morgan pour que le monstre du désir se mette à rugir en lui.

— Je n'ai jamais voyagé parce que j'ai grandi dans la pauvreté. J'ai contracté un prêt pour mes études et Alex l'a remboursé. Avant cela, je n'ai jamais pris le temps de m'amuser. Je me suis contentée d'aller à l'école, et de travailler dès que j'en ai eu la possibilité.

Il la dévisagea. À sa grande surprise, il percevait une connexion avec elle. Tous les deux connaissaient le sens du mot responsabilité.

— J'ai travaillé… Jusqu'à cette histoire.

Sans doute faisait-elle référence à sa rencontre avec Alex.

Une décharge électrique passa soudain entre eux et sa température grimpa de quelques degrés.

— Ne me regarde pas comme ça, s'il te plaît.

— Comme quoi ?

— Tu sais très bien comment. Tu me regardes de cette

façon depuis le début, Constantine ! Jusqu'à cette nuit dans ta chambre, je pensais même que j'étais folle.

Son honnêteté le mettait mal à l'aise, mais pourquoi aurait-elle menti ? Ils ne pouvaient pas se cacher leurs réactions.

— Tu le savais, n'est-ce pas, insista-t-elle ?

— Qu'est-ce que je savais ?

— Que je te désirais. Je me sentais tellement coupable… Alex était beau, il était gentil avec moi, or je désirais son frère, un frère qui ne montrait que du mépris pour moi.

Elle se tut et le regarda droit dans les yeux avant de poursuivre.

— Aujourd'hui, tu me regardes comme un loup prêt à me dévorer toute crue alors que tu sais déjà que rien de bon ne sortira de notre relation. Alors arrête de tergiverser. Prends une décision et tiens-toi à cette résolution, arrête de tout rendre confus.

— Ainsi, tu me désirais ?

À sa grande surprise, cette révélation lui donnait l'impression d'avoir remporté une victoire.

— Oui, mais inutile de prendre cet air triomphant. Nous désirons tous des choses qui sont mauvaises pour nous, c'est la nature humaine.

— Donc je suis juste la nature humaine et toi une simple case à cocher ? Je suis content qu'on ait eu cette conversation.

C'était la vérité, il ne regrettait pas leur discussion. Au contraire, même. Sans cette conversation, il aurait déjà réduit la distance entre eux. Il l'aurait prise dans ses bras et l'aurait embrassée, ce qui n'aurait pas été un bon début pour un mariage blanc.

— Moi aussi.

Il laissa le silence s'installer. Assis en face d'elle, il but un whisky tandis qu'elle sirotait une eau pétillante.

— J'ai besoin d'aller aux toilettes, annonça-t-elle au bout d'un moment.

— C'est à l'arrière. Il y a également une baignoire. Tu peux prendre un bain, si tu veux.

— Pourquoi pas.

Elle disparut et il prit une profonde inspiration pour tenter de ralentir son rythme cardiaque. Depuis qu'ils étaient montés à bord, il avait du mal à respirer. Quel pouvoir magique Morgan possédait-elle donc ? Il avait une certaine expérience sexuelle. Il ne devrait pas être tenté à ce point par cette femme, surtout une femme qu'il avait déjà possédée. Son désir devrait être éteint. Au lieu de cela, il bourdonnait toujours en lui. Il le consumait. Il lui donnait le vertige.

Elle était enceinte des enfants de son frère.

À moins qu'ils ne soient de toi...

Non !

Incapable de se retenir, il se leva d'un bond et se dirigea vers la salle de bains, à l'arrière de l'appareil. À quoi pensait-il ? À sa grande surprise, il n'en avait pas la moindre idée. D'habitude, il ne se laissait jamais dominer par ses impulsions. Il réfléchissait toujours avant d'agir, du moins jusqu'à cette nuit où elle était entrée dans sa chambre et où il l'avait prise dans ses bras.

Évidemment, il pourrait dire que ce n'était pas sa faute, que peu d'hommes auraient résisté à une telle tentation, elle n'était vêtue que d'une simple nuisette de dentelle, mais à quoi bon se voiler la face ? Il avait pris sa décision en pleine connaissance de cause, personne ne l'avait forcé.

À bout, il laissa échapper un long soupir avant d'ouvrir la porte de la salle de bains.

Morgan poussa un petit cri avant de s'enfoncer dans l'eau pour tenter de cacher ses courbes. Il les aperçut néanmoins et, comme par magie, son corps durcit instantanément. Sous le choc, sous le charme, il demeura planté là pendant quelques instants, ignorant comment réagir. Il était venu jusqu'ici sans réfléchir à ce qu'il allait faire.

D'habitude, il savait toujours. Il était Constantine Kamaras, tout savoir était son métier. Il décidait, il donnait des ordres et il assumait ses décisions.

À cet instant, il était partagé entre l'envie de crier après

Morgan, mais pour quelle raison ? Et celle de la sortir de la baignoire, de la prendre dans ses bras et de la posséder à nouveau.

Malgré son désir, il demeura immobile, cloué au sol. Pourtant, il détestait rester inactif. L'inactivité lui rappelait une autre époque, lorsqu'il avait eu peur.

Pourquoi réagissait-il ainsi ? Il devait à tout prix se reprendre. Elle n'était qu'une femme, et il n'avait pas peur, d'habitude.

— Que veux-tu, Morgan ? Qu'attends-tu de la vie ?

— Je ne sais plus. Pour être honnête, je ne sais même plus ce que je dois espérer. Je n'imaginais pas ma vie ainsi.

Elle était sincère, il le voyait.

Elle avait perdu l'homme avec lequel elle pensait passer sa vie. Alex aurait-il réussi à la convaincre de lui pardonner ? Malheureusement, il n'aurait jamais la réponse à cette question.

Le monstre du désir grogna à nouveau en lui. Il ne parvenait plus à détacher ses yeux d'elle.

Elle respirait difficilement, ses yeux étaient sombres. Puis soudain, elle posa ses mains sur le rebord de la baignoire et se leva. L'eau tomba en cascade sur son corps nu, rebondissant sur son ventre arrondi, l'hypnotisant.

Incapable de résister à la tentation, il s'approcha alors d'elle et pressa son corps nu et humide contre le sien, avant de l'embrasser férocement, profondément. Elle enroula ses bras autour de son cou et l'embrassa à son tour puis il la déposa sur le sol devant lui. Elle était petite, il voulait la protéger.

Elle lui donnait envie de s'en prendre à tout ce qui pouvait menacer de lui faire du mal. Elle lui donnait envie…

Elle lui donnait envie, tout simplement.

Son cœur battait si fort qu'il risquait à tout moment d'éclater dans sa poitrine. Comme si elle devinait la rage qui tournoyait en lui, elle posa sa main délicate sur son torse et il laissa échapper un grognement. Il était en feu. Incapable de se retenir plus longtemps, il la plaqua contre le mur avant de prendre possession de sa bouche et de laisser ses mains aller et venir sur ses envoûtantes courbes.

Mais soudain, il laissa échapper un juron et recula.

— Stop !

— Pourquoi ? Il est clair que tu as toujours envie de moi. Tu me veux, je le sais, je le vois.

— Quelle différence cela fait-il ? demanda-t-il, la voix brisée.

— Cela pourrait faire toute la différence, si seulement tu te l'autorisais.

— Que veux-tu, Morgan ?

Il commençait à comprendre pourquoi il l'avait rejointe dans la salle de bains. Depuis qu'elle était entrée dans sa vie, dans son monde parfaitement ordonné et contrôlé, elle l'avait bouleversé. Comme une sirène, elle l'avait privé de tous ses repères, elle l'avait hypnotisé.

— Je crains vouloir la même chose que toi mais, au moins, je n'ai pas peur de l'admettre.

— Nous ne désirons pas la même chose.

— Très bien, rétorqua-t-elle d'un ton sec.

Surpris par ces mots, il ne répondit pas. Il se contenta de la fixer.

— Tu veux un mariage blanc ? Nous aurons un mariage blanc. Nous aurons chacun des amants mais tu ne me toucheras pas. Tu ne peux pas m'avoir moi, et avoir d'autres femmes. Tu ne peux pas m'embrasser et ensuite me faire des reproches, je refuse de vivre de cette façon. Soit tu veux de moi, soit tu ne veux pas de moi mais tu ne peux pas jouer avec moi.

— Je ne joue pas. Alex jouait et il est mort. Je me contente de réparer ses bêtises.

— Tu ne reconnais aucune responsabilité dans ces bêtises ? Comme c'est pratique !

— Assez parlé. Nous allons bientôt atterrir. Je te suggère de t'habiller et de te préparer.

— Avec plaisir. Je sais que l'apparence est ta principale préoccupation.

Il sortit de la salle de bains, en colère. Surtout en colère contre lui-même. Pendant quelques minutes, il s'était laissé aller. Heureusement, cela ne se reproduirait plus. Morgan serait sa femme mais elle ne serait pas à lui. Il ne coucherait pas avec elle, elle était enceinte des enfants de son frère. Ces bébés ne seraient jamais à lui.

6.

Quand ils atterrirent en Grèce, il faisait déjà nuit et Constantine lui conseilla d'essayer de dormir.

Elle but un verre de lait avec du miel et, à sa grande surprise, elle parvint à s'endormir, malgré le décalage horaire, malgré sa nervosité.

Constantine l'avait embrassée dans l'avion, il l'avait tenue contre lui… Et elle avait tout fait pour le séduire, tout fait pour l'exciter.

Quand elle avait plongé dans ses yeux, elle avait eu la confirmation qu'il la désirait. Ce désir intense qu'elle avait aperçu dans ses prunelles sombres avait magiquement réveillé ses sens et surtout son courage. Tout à coup, elle s'était sentie revivre. Toute sa retenue s'était évanouie et elle avait voulu lui prouver à quel point il la désirait. Et elle y était parvenue.

Pourtant, elle n'était pas heureuse. Le résultat final ne l'avait pas satisfaite.

Que voulait-il ?

Il lui avait posé cette même question et, pour être honnête, la réponse l'effrayait.

Quand elle ouvrit les yeux, le lendemain matin, elle admira pour la première fois la beauté de la villa, ou plutôt du palais tellement elle était grande. En marbre blanc, elle offrait une vue à couper le souffle sur la mer Égée, une mer d'un bleu unique, encore plus belle que sur les photos.

Si la maison était splendide, la nature qui l'entourait l'était encore plus.

Elle sortit sur le balcon, contempla la mer et savoura le silence, à peine troublé par le doux roulement des vagues.

Pendant de longues minutes, elle demeura immobile à s'imprégner de l'ambiance, à profiter de l'instant. Pour la première fois de sa vie, elle était à l'étranger. Jamais elle n'avait imaginé vivre une telle expérience. Elle aurait dû s'en réjouir mais lorsqu'elle réfléchissait à ce qu'elle désirait vraiment, c'était le visage de Constantine qu'elle voyait apparaître devant ses yeux, pas la mer couleur lagon.

Elle sursauta en entendant soudain frapper à la porte. Ce n'était pas Constantine, le bruit était bien trop doux.

— Entrez, cria-t-elle avant de resserrer le peignoir blanc autour d'elle.

— Vous devez être la future mariée, lui lança une femme en entrant dans sa chambre.

— Oui… Oui, c'est moi.

Même si elle avait encore du mal à le croire, elle était bel et bien une future mariée.

— Je suis ici pour l'essayage de votre robe.

— Je viens juste de me réveiller alors peut-être…

Au même instant, une femme de chambre arriva portant un plateau avec du thé et des viennoiseries, et elle oublia ses réserves.

La couturière prépara la robe tandis qu'elle buvait un thé et savourait le goût sucré d'un muffin au citron. Quelques minutes plus tard, elle se retrouva comme par magie enveloppée dans un voile de soie. Cette robe ne cachait pas son ventre. Au contraire, elle soulignait sa rondeur avec un drapé qui évoquait celui des statues grecques.

— La robe est telle que votre futur mari l'a demandée, lui expliqua la couturière. Elle vous va parfaitement.

Une robe blanche mettant en valeur une grossesse que le monde entier pensait être celle d'un autre homme ? Le choix était audacieux.

Enfin, pour être honnête, elle avait si peu d'expérience qu'une robe blanche n'avait rien de choquant.

Elle repensa à Constantine, à son baiser dans l'avion, et des frissons glissèrent aussitôt le long de dos. Contrairement à ce qu'elle essayait de faire croire, elle n'était pas innocente. Elle n'était plus innocente. Aujourd'hui, elle comprenait parfaitement ce que son corps désirait. Admettre que c'était Constantine qu'elle voulait, et non Alex, l'avait obligée à devenir plus honnête avec elle-même.

Oui, elle était plus honnête, aujourd'hui. Enfin, pas avec Constantine, mais ne pas lui avouer que les bébés n'étaient pas ceux d'Alex était juste une façon de protéger les enfants.

C'est toi que tu protèges, pas les enfants.

— C'est une bonne chose que le mariage ait lieu ce soir, reprit la couturière, la sortant de sa réflexion. Sinon, nous serions peut-être obligées de procéder à un autre essayage de robe dans quelques jours. Le ventre d'une femme enceinte grossit vite.

— Ce soir ? Le mariage a lieu ce soir ?

— Bien sûr.

Après cette révélation, la journée passa comme un tourbillon. Une armée de petites mains lui appliqua des masques sur le visage qui lui firent un bien fou, la coiffa, lui vernit les ongles… Elle n'avait même pas eu le temps de se regarder dans le miroir quand elle se retrouva dans une limousine roulant en trombe sur une route à flanc de colline.

Son futur mari l'attendait-il ? Elle n'avait pas eu de nouvelle de sa part de toute la journée.

La limousine s'arrêta enfin devant une église perchée au bord d'une falaise.

La portière de la voiture s'ouvrit et une jeune femme l'aida à sortir.

— Venez.

— Je…

— Je m'appelle Agatha. Je suis l'organisatrice du mariage.

L'organisatrice du mariage… Si l'heure de son mariage était arrivée, le marié ne devait pas être loin.

Incrédule, elle se pinça.

— Pourquoi faites-vous ça ? s'étonna Agatha.

— Parce que cette journée tout entière commence à ressembler à un rêve.

— Sachant que je n'ai eu que deux jours pour organiser le mariage, je suis bien d'accord avec vous.

Sauf que ce n'était pas elle qui allait épouser un homme pour de mauvaises raisons !

Les portes de l'église s'ouvrirent devant elle et, bouche bée, elle admira la décoration. L'organisatrice avait visiblement travaillé très dur. Le décor était magnifique. Des guirlandes de roses et de lavande habillaient les murs et les poutres, comme si l'église avait été remodelée autour de la végétation. En comparaison, la chambre dans laquelle Constantine l'avait installée à Boston aurait presque pu passer pour banale. Elle avait l'impression d'être dans un film.

Son regard remonta l'allée centrale. Les invités n'étaient pas très nombreux et elle n'en connaissait aucun.

À l'idée que sa propre mère ne soit pas là le jour de son mariage, les regrets la gagnèrent. C'était ridicule. Pourquoi serait-elle présente ? Elle n'avait pas annoncé à sa mère qu'elle était enceinte, encore moins qu'elle allait se marier.

Peut-être sa mère l'apprendrait-elle en lisant le journal.

Son regard continua à remonter l'allée centrale et elle aperçut enfin Constantine. Aussitôt, l'émotion lui serra la gorge et son pouls accéléra. Tremblante, elle commença à avancer, le regard rivé sur sa haute silhouette. Constantine était tout pour elle et cela la terrifiait.

Tu dois le lui dire.

Vraiment ?

Oui. Tu es lâche.

C'était la vérité, elle était lâche. Ce qu'elle voulait, c'était être désirée, surtout pas revoir ce regard glacial qu'il lui avait lancé quand elle avait suggéré que les enfants pourraient être les siens. L'entendre dire qu'il parlerait aux enfants de leur père décédé la mettait hors d'elle. Leur père était ici, bien vivant, et c'était un homme bon.

Un homme bon qui méritait de connaître la vérité.

Évidemment, ses parents devraient également être mis au courant. Ils devaient savoir que les enfants qu'elle portait n'étaient pas ceux d'Alex. En leur cachant la vérité, son but n'avait jamais été de les protéger, mais de se protéger, elle.

Tu veux qu'il te désire. Voilà ce que tu veux.

Elle retint les larmes qui lui piquaient les yeux. La vérité était simple. Elle voulait que Constantine prenne soin d'elle, elle voulait qu'il la regarde avec plus que du désir, avec plus que de l'envie.

Une larme coula enfin sur sa joue et elle ne fit rien pour l'arrêter. Pourquoi était-elle si triste ? Parce qu'elle n'était qu'une fille qui attendait désespérément de l'amour de la part d'un homme qui ne voulait pas d'enfants, un homme qui ne voulait pas d'elle. C'était aussi simple que cela.

Elle atteignit enfin l'autel et secoua la tête pour revenir au présent.

Quelques minutes plus tard, elle prononça ses vœux, avec tout son cœur. Oui, elle allait renoncer à tous les autres hommes, sans la moindre hésitation, parce que c'était lui qu'elle désirait, elle le désirait même si fort que ses sentiments la terrifiaient.

— Avec cet anneau, murmura-t-elle, la gorge serrée, je te prends pour époux.

Le moment était venu pour eux de s'embrasser.

Oubliant toute retenue, elle enroula ses bras autour de son cou et plaqua sa bouche sur la sienne. Dans son dos, elle entendit des murmures parmi les invités. Ils devaient penser qu'elle agissait ainsi pour le bien des enfants.

Constantine serait sans doute fâché mais pour l'instant, elle préférait l'embrasser plutôt que d'affronter sa colère.

De toute façon, le seul moyen de le secouer était de le provoquer, elle n'avait pas le choix.

Quand elle recula enfin, il la foudroya du regard. Puis, sans un mot, il lui prit la main et l'entraîna dehors, jusqu'à la limousine qui l'avait conduite à l'église.

— Je crois que tu as un peu exagéré.

— Je te rappelle que tu m'as embrassée en retour !

La voiture démarra sans attendre.

— Où va-t-on ?

— À la réception, bien sûr.

— Pourquoi feindre qu'il s'agit d'un véritable mariage ?

— Parce que j'appartiens à une vieille famille et parce que je veux faire de cette union un événement mondain.

— Et tu trouves que je ne suis pas une bonne actrice, n'est-ce pas ?

— En effet, tu n'as pas bien joué ton rôle.

— Je suis désolée.

— Je ne suis pas sûre que tu le sois vraiment.

— Tant pis.

La réception devait se dérouler dans une grande tente blanche installée au milieu d'un champ en fleurs. Le lieu était magnifique, encore plus époustouflant que la chapelle, et surtout, les invités étaient beaucoup plus nombreux.

— Tous mes associés d'affaires et ma famille élargie sont ici.

— Je vois.

— Il y a également des proches d'Alex.

— D'anciennes maîtresses ?

— Notamment.

Quand ils arrivèrent, les invités les dévisagèrent tous, intensément. Devinant sa timidité, Constantin lui prit la main et l'emmena s'installer au centre d'une longue table. Elle sourit à ses parents, assis non loin, et la culpabilité l'envahit peu à peu. Elle ne pouvait pas continuer ainsi, pas sans lui dire la vérité, c'était impossible. Elle allait devoir trouver le moyen de surmonter ses craintes.

Oui, elle allait les surmonter. Sa décision était prise.

— Constantine…

— Oui ?

— Il faut que je te dise… Les bébés… Ce ne sont pas les enfants d'Alex.

— Je sais que tu penses qu'ils pourraient ne pas l'être mais…

— Non, le coupa-t-elle d'une voix aussi ferme que possible. Je sais qu'ils ne le sont pas.

— Comment le sais-tu ?

— Parce que je n'ai jamais couché avec Alex. J'étais vierge avant de faire l'amour avec toi.

En entendant ces mots, il se figea. Lui mentait-elle ? Non. Pourquoi lui mentirait-elle ? Ils étaient déjà mariés, elle n'avait aucun intérêt à lui mentir.

Les enfants étaient les siens… Ils n'étaient pas ceux d'Alex… Elle n'avait jamais couché avec Alex…

Bien sûr, le monde entier pensait qu'elle portait les enfants de son frère parce que c'était l'histoire qui avait été racontée. Personne ne savait qu'ils avaient eu une aventure, mais le récit qu'elle venait de lui livrer était risible !

— Ne me mens pas !

— Je ne te mens pas. C'est juste que je n'ai pas eu l'occasion de te dire la vérité parce que…

— Parce que ? Allez, j'attends tes raisons. Explique-moi pourquoi tu m'as menti.

— Je n'ai pas ouvertement menti, tu étais dans le déni. Tu n'as pas utilisé de protection et tu le sais. Je t'ai suggéré qu'ils pouvaient être à toi et…

— Tu n'as pas dit qu'ils l'étaient.

— Tu clamais haut et fort que tu ne voulais pas d'enfants !

— C'est la vérité, je n'en veux pas.

— Tu refusais d'entendre la vérité, Constantine, admets-le. Pour apaiser ta conscience, tu préférais te convaincre que tu rendais service à Alex.

— Si tu portes mes enfants…

— Que feras-tu ? Tu m'épouseras ? Tu l'as déjà fait. C'est à l'église que j'ai compris que je devais te dire la vérité. Je ne peux pas te laisser passer ta vie à parler d'Alex aux enfants comme s'il était leur père.

— Ce sont donc mes enfants.

— Oui.

— Mes jumeaux.

— Oui.

— Un garçon et une fille.

— Oui.

Sans prendre le temps de réfléchir, il se leva de table et l'obligea à faire de même avant de la jeter sur son épaule.

— Les festivités devront se poursuivre sans nous. L'heure de ma nuit de noces est arrivée.

7.

C'était la fureur qui le poussait. Elle coulait dans ses veines comme la lave d'un volcan en éruption et plus rien ne semblait pouvoir l'arrêter. Il était en train de devenir fou !

Morgan portait ses enfants… Elle n'avait jamais couché avec son frère… Elle était encore vierge quand elle était venue dans son lit… Il n'en revenait pas.

Tous ses nerfs étaient tendus, sa nervosité atteignait des sommets. Il n'avait plus envie de voir les invités ou qui que ce soit d'autre. Il n'avait plus qu'une idée en tête, donner libre cours au désir intense qui bouillonnait en lui, et la posséder.

Morgan ne dit rien. Accrochée à son épaule tandis qu'il se dirigeait vers sa voiture, elle semblait sous le choc.

— Nous n'aurons pas besoin de chauffeur, annonça-t-il avant de l'installer sur le siège passager et de s'asseoir à la place du conducteur.

— Constantine… Je ne savais pas comment t'en parler. Je suis désolée, j'ai l'impression que tu…

— Ils sont à moi, et tu es à moi !

— Oui, répondit-elle d'une petite voix.

C'était tout ce qu'il avait besoin d'entendre.

Rageur, il démarra en faisant crisser les pneus sur l'asphalte mais il ne prit pas la direction de sa propriété.

— Où va-t-on ?

— Tu verras.

Il ne roulait pas au hasard, il savait précisément où il voulait l'emmener.

Décidé, il composa un numéro sur le téléphone embarqué dans sa voiture.

— Préparez le bateau, ordonna-t-il à l'homme qui décrocha.

— Le bateau ? s'étonna Morgan.

Il allait l'emmener sur l'île. Là-bas, ils pourraient discuter tranquillement et il pourrait découvrir la vérité. Mais d'abord, il voulait sa nuit de noces. Il y avait droit.

— Nous avons beaucoup de choses à nous dire.

— Tu n'as pas écouté, je t'ai demandé…

— Tu m'as juste demandé si j'avais envisagé l'idée que les bébés puissent être les miens. Jamais tu n'as dit que tu n'avais aucun doute sur cette question.

— Tu es en colère contre moi ? Eh bien, tu es un bel hypocrite !

— Tu aurais pu être plus claire, notamment lorsque j'ai évoqué la possibilité de faire un test de paternité.

— Je savais qu'un test était inutile. Je t'ai laissé parler, oui, je ne t'ai pas contredit, je l'admets, mais tu ne voulais pas entendre. Tu voulais le mensonge, Constantine. Je ne suis pas la seule fautive !

Il inspira profondément. Ses mots lui faisaient l'effet d'un coup en plein cœur. Il devait admettre qu'elle n'avait pas totalement tort.

— La vérité aurait tout de même été préférable.

— J'avais peur d'être rejetée. Je savais que la vérité ferait du mal à tes parents, qu'elle te ferait du mal, et qu'elle m'en ferait à moi aussi. Être repoussée… Je connais ce sentiment. Alors oui, je l'admets, je ne t'ai pas dit ouvertement que tu étais le père mais tu dois comprendre pourquoi.

— Je…

— Est-ce si difficile pour toi d'être flexible ?

Oui, ça l'était. Il ne fléchissait jamais. Il restait raide et ferme, en toutes circonstances.

— C'est impossible, lui avoua-t-il d'une voix rauque.

— Pourquoi ? Reconnaître la vérité n'est pas forcément un signe de faiblesse.

Il demeura silencieux pendant un long moment.

— Je pensais que… Tu as raison, la force de mon…

— De ton déni, tu peux prononcer le mot.

— Non, je ne peux pas.

— Un déni du déni… Tu es vraiment champion.

— Tu attends des jumeaux, Morgan !

— Personne n'a été plus surprise que moi par cette nouvelle.

— Personnellement, je n'ai pas été étonné. J'aurais aimé pouvoir l'être mais… C'est la raison supplémentaire pour laquelle je refusais d'envisager que les bébés puissent être les miens.

— De quoi parles-tu ?

— Personne ne te l'a dit, *agapi* ? Je suis un jumeau.

Visiblement surprise, elle écarquilla les yeux.

— Je l'ignorais.

— Tu ne courais vraiment pas après l'argent d'Alex, n'est-ce pas ?

— Non, je te l'ai dit. J'ignorais qui il était quand je l'ai rencontré. Je l'ai trouvé beau et j'ai été charmée par le fait qu'il n'a pas immédiatement essayé de coucher avec moi. Quand je lui ai avoué que j'étais vierge, il n'a pas insisté. Il semblait respecter mes raisons. En tout cas, j'ignorais que tu étais un jumeau.

— Je l'étais, avoua-t-il à contrecœur, déterminé à ne pas évoquer Athena.

Ce n'était pas le moment.

— Je suis désolée.

— Parle-moi plutôt de toi.

— Tu sais déjà tout de moi.

— Apparemment, non, répondit-il en se garant sur le quai.

Il avait parlé d'un bateau, mais c'était plutôt un yacht. Un élégant navire, très fin, conçu pour aller vite.

— C'est la première fois que je monte sur un bateau.

Elle était pâle et le regardait avec de grands yeux effrayés.

À l'évidence, il lui avait fait peur. Il le regrettait, il n'avait jamais voulu l'effrayer. Il voulait juste l'emmener loin d'ici, loin de la foule. Il désirait juste l'avoir pour lui tout seul.

— Ne t'inquiète pas, j'ai des médicaments contre le mal de mer, à bord. J'espère cependant que tu ne seras pas indisposée.

Il l'espérait vraiment car ce soir, il avait bien l'intention de lui faire l'amour. Ils parleraient demain. Ils avaient beaucoup à se dire, mais ce soir, il avait des projets plus sensuels.

— Qui va s'occuper de ta voiture ?

— Quelqu'un viendra la récupérer.

— Tu mènes vraiment une vie étonnante. Un claquement de doigts et tous tes problèmes disparaissent. J'espère que tu sais que dans mon monde, les choses ne s'arrangent jamais d'un simple claquement de doigts. Quand j'ai découvert que j'étais enceinte…

— Tu penses vraiment que dans mon monde, tout s'arrange d'un coup de baguette magique ? Eh bien non. J'ai juste de l'argent, et du personnel. Si je prends mon bateau, mon majordome sait qu'il doit récupérer ma voiture. La question sera réglée parce que j'ai engagé du personnel pour, mais cela ne signifie pas que le monde entier se plie à ma volonté. La preuve, mon frère est mort.

Il avala sa salive pour se reprendre. Il était en train de faiblir. Il ne pensait pas être le genre d'hommes à croire aux contes de fées mais il avait de plus en plus l'impression qu'il s'était accroché à des illusions, ces dernières années.

— J'étais un jumeau, reprit-il d'une voix brisée. Aujourd'hui, je ne le suis plus.

Ne restait plus que lui, désormais. Lui et ses parents. Et les enfants que portait Morgan.

— Penses-tu toujours que le monde entier se plie à ma volonté ? Quand je peux utiliser mon pouvoir et mon argent, je le fais, mais je ne contrôle pas les caprices du destin. Je ne peux pas arrêter la main des hommes assoiffés de sang, et je ne peux pas empêcher… Je ne peux pas empêcher mon idiot de frère de rouler trop vite. Il y a de nombreux aspects de ma vie que je ne peux pas contrôler mais je suis sûre de deux choses, nous sommes seuls sur ce bateau, et tu es à moi.

Il avait un besoin impérieux de s'accrocher à des certitudes.

L'arrière du yacht abritait un large salon, suffisant pour accueillir au moins dix personnes. Morgan s'installa au centre. Au milieu de ce canapé de cuir blanc, sa robe de mariée étalée comme un halo autour d'elle, elle semblait encore plus pâle que d'habitude.

Pressé, il détourna le regard, rompit les amarres puis se mit à la barre. Une fois le bateau sorti du port, il alluma le pilote automatique avant de retourner à l'arrière du bateau. Là, il demeura debout pendant quelques minutes et la dévisagea.

— Je suis désolée, murmura-t-elle au bout d'un moment. J'ai parlé sans réfléchir, je n'aurais pas dû parler ainsi de toi et de ton frère.

— Ce n'est pas grave. Je ne suis pas sensible et, en plus, c'est la vérité. Avoir de l'argent facilite la vie.

— J'ai surtout pensé à moi, ces derniers mois. Je n'ai pas pensé au deuil que tu vivais, je m'en excuse.

Son deuil… Une vague de tristesse s'abattit peu à peu sur lui et il ferma les yeux.

Ses enfants…

Le sentiment de possessivité féroce qui s'était réveillé en lui, lorsqu'il avait compris, s'était un peu calmé. Finalement, sa paternité n'était pas un nouveau châtiment du destin, juste la preuve d'un autre de ses péchés.

Qui que soit le père des bébés, il aurait de toute façon épousé Morgan, il aurait été là. Jamais il n'aurait laissé ses enfants sans père juste parce qu'il s'était juré qu'il n'en voulait pas.

Dans un moment de faiblesse, il avait fait l'amour à la petite amie de son frère et voilà que maintenant, il dépouillait Alex de son héritage.

Non, ce n'était pas vrai. Il ne lui avait rien pris puisqu'elle n'avait jamais couché avec lui.

Morgan était à lui. Elle n'avait été qu'à lui.

— Pourquoi étais-tu encore vierge ?

Elle éclata de rire.

— Je pensais que nous ne parlerions que demain.

— C'est vrai, mais il y a tout de même quelques points que je voudrais aborder avant. Dis-moi, pourquoi étais-tu vierge ?

— J'avais peur de cela, expliqua-t-elle en posant sa main sur son ventre. De tomber enceinte. Ma mère était très jeune, elle était à peine sortie du lycée lorsqu'elle s'est retrouvée enceinte. Mon père ne voulait pas de bébé alors il est parti et elle ne l'a jamais revu. Elle n'a jamais reçu un centime de pension alimentaire et elle a passé toute mon enfance à répéter combien sa vie aurait été plus facile si je n'avais pas été là. Elle m'a souvent reproché d'avoir brisé ses rêves.

— C'est faux, rétorqua-t-il, en colère, elle a brisé ses rêves toute seule ! Les gens sont responsables de leurs propres actions, quelles qu'en soient les conséquences. Ton père a fait son choix. Ta mère aurait pu te faire adopter, ça n'aurait peut-être pas été facile non plus, mais elle n'a pas pris cette décision, elle a choisi de te garder avec elle. Elle aurait dû assumer son choix.

— Comment peux-tu dire cela, toi, un homme qui ne voulait même pas d'enfants ? Comment peux-tu dire ce que ma mère aurait dû faire ?

— J'assume toujours mes décisions.

— Ce n'est pas vrai, tu prétendais que ces enfants ne pouvaient pas être les tiens.

— Je pensais juste que tu couchais avec mon frère depuis des mois et qu'il y avait donc plus de chance qu'Alex soit le père.

— Eh bien… Maintenant, tu connais la vérité.

— Tu allais coucher avec Alex cette nuit-là, n'est-ce pas ?

Elle hocha la tête.

— J'étais prête, je lui faisais confiance.

À ces mots, son cœur se serra. Quand Morgan était venue dans son lit, il ignorait à quel point elle était vulnérable. Elle était vierge, elle avait le cœur brisé et il en avait profité.

— Il devait t'aimer, pour ne pas coucher avec toi mais tout de même te vouloir dans sa vie.

— Je pense, oui. Mais, en fin de compte, je ne crois pas que moi, je l'aimais réellement. En fait, j'ignorais ce qu'était l'amour. Alex était beau, il était gentil, il m'a fait tourner la tête. Je n'étais pas intéressée par son argent au début, mais j'ai vraiment apprécié à quel point ma vie est devenue plus facile, avec lui. Avant de le rencontrer, j'étais fatiguée, fatiguée de voir que la personne avec laquelle j'avais le plus de liens, ma mère, ne voulait pas de moi. J'étais fatiguée de travailler si dur. Et soudain, Alex est apparu. Il m'a fait rire, il m'a offert des cadeaux, il m'a donné l'impression de ne plus être un fardeau. Si c'est le comportement d'une femme vénale alors j'en suis une. Puis je t'ai rencontré et j'ai compris que ce n'était pas dans le lit d'Alex que je voulais être. J'aurais aimé le désirer mais je n'y arrivais pas. Il était facile de ressentir une attirance pour lui mais… Avec toi, c'était différent.

Touché par ces mots, il s'avança vers elle, saisit son menton et inclina son visage vers le sien avant de la regarder droit dans les yeux.

— Sais-tu pourquoi je te détestais tant, Morgan ?

Elle secoua la tête.

— Avant de te rencontrer, la seule fois où j'ai désiré quelque chose que je ne pouvais pas avoir, c'est quand une personne est morte. Mais toi… Tu étais là, en chair et en os, tu étais la plus belle femme que j'aie jamais vue. Malheureusement, tu étais à lui. Alex était mon petit frère, et il est… Il était… Si plein de vie… J'avais fait le serment de prendre soin de lui. Je ne pouvais pas convoiter sa petite amie. Pourtant, sache que je te désirais plus que tout au monde.

— Pourquoi ?

Il percevait de l'envie dans sa question, de l'avidité. Instantanément, son corps y répondit. Il mourait d'envie d'assouvir sa question mais aussi son désir.

— Pour ta beauté, peut-être, pour ton innocence.

— Tu savais que j'étais innocente ?

— Non, et je n'ai malheureusement pas eu le temps d'en profiter. Dis-moi, avais-tu déjà vu un homme nu ?

— Non. Tu es le premier.

Le monstre en lui se réjouit de cette réponse.

— As-tu déjà mis un homme dans ta bouche ?

Elle secoua la tête.

Pendant tous ces mois, l'image de Morgan donnant du plaisir à son frère l'avait torturé. Son frère possédait la seule femme qu'il ne pouvait pas avoir mais elle ne s'était jamais donnée à Alex. Elle ne s'était donnée qu'à lui.

À cette idée, un sentiment de triomphe l'envahit, écrasant tout sentiment de culpabilité qu'il aurait pu avoir.

Des idées osées plein la tête, il lui prit la main et l'aida à se lever. Il descendit ensuite la fermeture Éclair de sa robe et la fit glisser le long de son corps de déesse, révélant ses courbes pâles et envoûtantes. Elle portait juste une culotte blanche sous la robe, pas de soutien-gorge.

Son désir se réveilla instantanément. Ces courbes, toujours si tentantes pour lui, étaient renforcées par sa grossesse.

Ses enfants… Un élan de possessivité le traversa et il se mit à genoux avant de poser sa main sur son ventre, le désir et la fierté masculine se disputant la place d'honneur en lui.

Il pressa ses lèvres sur son ventre rond et la sentit frissonner. Puis il descendit plus bas. Il fit glisser sa culotte le long de ses cuisses élancées et pressa son visage contre son intimité, s'enivrant de l'odeur de son excitation.

Elle ne portait que ses talons maintenant, rien de plus.

Il esquissa un sourire ravi. Il n'avait jamais rien vu de plus beau dans sa vie.

Morgan… Sa femme, celle de personne d'autre. Elle n'appartiendrait à aucun autre homme. Jamais. Et elle portait ses enfants.

Tout à coup, la vérité s'imposa à lui. Il pourrait tuer pour ses enfants, il pourrait mourir pour eux, sans la moindre hésitation. Pour elle, également. Il ne voulait pas les perdre. Il ne voulait plus rien perdre. Plus jamais.

Malheureusement, il n'avait aucune certitude de parvenir à les protéger. L'univers n'était qu'une vaste étendue de terreur. Il n'avait pas menti, lorsqu'il lui avait dit que le monde était cruel. Il n'avait pas l'illusion de se croire tout-puissant, il savait qu'il ne l'était pas. Il ne se faisait pas d'illusions non plus sur le fait que tout irait bien. La vie n'était pas un long fleuve tranquille.

Ce qu'il avait dit à propos de sa mère était vrai. Il assumait toujours ses décisions. Il lui était déjà arrivé de faire de mauvais choix et d'échouer. Il avait alors accepté les châtiments du destin et… Il repoussa ces idées, ce n'était pas le moment. L'important, c'était qu'elle était à lui et qu'il allait en profiter. Tout de suite. Hors de question de laisser la culpabilité, le doute ou les craintes s'insinuer en lui. La réalité était ce qu'elle était, il ne pouvait pas s'en plaindre, pas plus qu'il ne pouvait s'en prendre au fait qu'il était le dernier survivant de sa fratrie.

C'était ainsi.

Résolu à profiter de sa nuit de noces, il se concentra sur son désir, son intense désir. Les yeux brillants, il dévora Morgan du regard. Il tremblait presque tant il la désirait.

Elle se mit à haleter et il s'accrocha à elle. Ses mains agrippèrent sur ses fesses rondes tandis qu'il léchait de plus en plus profondément entre ses cuisses, tandis qu'il la faisait frissonner de tout son long.

Aucun homme ne l'avait jamais embrassée ainsi. Lui seul avait le privilège de goûter à ce délice de miel entre ses jambes. Et il resterait le seul à pouvoir l'embrasser. Aucun autre homme ne la toucherait jamais. Leur mariage ne serait pas un mariage blanc, elle était à lui.

Elle est à moi.

Son sang rugissant en lui, il l'allongea sur le pont du bateau. La surface était dure, il devrait plutôt la mettre dans un lit, dans des draps doux, mais son désir était plus puissant que tout, plus fort que le confort. Il ne pouvait pas attendre, son impatience avait atteint ses limites.

Son corps traversé par une décharge électrique, il se déshabilla rapidement, posa ses paumes sur ses genoux, écarta ses jambes, et la regarda longuement. Il savoura chaque centimètre carré de son corps de déesse. Qu'elle était belle !

Ses seins pâles et ses tétons roses qui pointaient lui mettaient l'eau à la bouche. Son intimité rose attisait sa gourmandise comme un bon gâteau. Ses cheveux flamboyants s'étalaient autour d'elle. Elle était délicate, innocente et sensuelle à la fois.

Elle rouvrit les yeux et il plongea dans ses prunelles couleur émeraude dont le vert tranchait, ici, au milieu du bleu du ciel et de la mer.

— Constantine…

— Dis-moi, murmura-t-il, le corps en feu, en se penchant au-dessus d'elle, en planant au-dessus de ses lèvres appétissantes. Pour laquelle de mes mauvaises qualités as-tu d'abord voulu de moi ?

— Pour ton caractère franchement antipathique, pour le mépris avec lequel tu me regardais, pour la dureté de tes mots, pour la cruauté de ton visage qui ne me souriait jamais… J'avais un homme insouciant et chaleureux à mes côtés mais je désirais celui qui était hors de ma portée, celui qui ne voulait pas sourire.

— Nous sommes tous pareils, nous voulons tous ce que nous ne pouvons pas avoir. Et regarde-nous, nous sommes aujourd'hui ici, ensemble, parce qu'Alex a commis des erreurs.

Elle leva une main et toucha son visage.

— Je ne suis pas sûre. Je ne serais pas restée avec lui, après sa trahison. Je serai allée avec toi et je serais tombée enceinte de toute façon. Et c'est tout de même ici que nous serions. Tu ne crois pas ?

Il ne répondit pas, un désir fou s'était emparé de lui, un éclair fulgurant qui avait annihilé toute sa raison.

Avide, impatient, il enroula son bras autour d'elle avant de la pénétrer d'un mouvement expert. Cette fois, il savait qu'il était le seul homme à avoir jamais été en elle. Cette fois-ci, il savait qu'elle était à lui, et à lui seul.

Il baissa les yeux vers son ventre, son ventre arrondi qui lui rappelait ce qu'ils avaient vécu, et ce qui les attendait.

L'esprit envahi de mille pensées défendues, il se força à arrêter de réfléchir et se concentra plutôt sur les sensations, sur le bonheur d'être à l'intérieur de son corps de déesse. Ses paumes étaient moites, il avait la gorge serrée.

Elle gémit, se cambra et il s'empara de la chair frémissante de ses seins. Il admira leur fermeté, leur douceur. Quand il releva la tête, elle mit sa main sur sa nuque et l'attira à elle jusqu'à plaquer sa bouche sur la sienne. Sa langue se mit à danser contre la sienne tandis que leurs bouches fusionnaient et que mille sensations explosaient en lui.

Elle était une créature sauvage dans ses bras, et il était devenu un sauvage. Ses baisers le brûlaient, ils le consumaient.

Il allait et venait en elle sans rythme, sans tempo. Il n'écoutait plus que les rugissements de son désir.

Elle s'agrippa à ses épaules et enfonça ses ongles dans sa peau avant de pousser un cri de libération. Ses muscles intimes se serrèrent autour de son sexe, l'attirant plus profondément. Puis il explosa. Dans un rugissement, il s'abandonna au plaisir, son souffle saccadé se mêlant au sien alors qu'il essayait de revenir à la réalité, de revenir au présent.

Il avait l'intention de lui offrir une nuit de noces inoubliable, de l'emmener dans la luxueuse cabine en dessous et de lui montrer ce que cela signifiait d'être sa femme.

Tu lui as peut-être déjà montré ce que cela signifie d'être sa femme.

Peut-être. Et pourquoi ne pas commencer leur mariage par un tel témoignage d'honnêteté ? Leur corps-à-corps en était un. Face à elle, il perdait tout contrôle.

La lumière crue du soleil la fit soudain cligner des yeux et il ressentit aussitôt le besoin de la couvrir, de la protéger. Doucement, il la prit dans ses bras, la berça contre sa poitrine avant de la conduire jusqu'à sa cabine et de l'installer sur les draps soyeux.

Il possédait un yacht luxueux mais, contrairement à son

frère, il n'était pas un play-boy. Il n'invitait pas de femme dans des lieux aussi privés que celui-ci, et certainement pas sur son île.

Elle se roula en boule, ses cheveux roux tombant en cascade sur son visage et il l'étudia. Elle était à lui. Il n'avait plus aucun doute sur cette question.

Il la regarda s'endormir pendant que le bateau continuait à voguer en direction de l'île. S'il pouvait la garder là pour toujours, loin du monde, peut-être pourrait-il enfin trouver le bonheur.

8.

Lorsque Morgan ouvrit les yeux, une étrange sensation de déjà-vu l'envahit. En même temps, elle avait l'impression d'être dans un autre monde.

Elle avait déjà ressenti cette même sensation lorsqu'ils étaient arrivés en Grèce.

Allongée sur le lit du yacht de Constantine, elle referma les yeux et repensa aux dernières heures. Il l'avait possédée avec une telle passion que son corps était tout courbaturé ce matin. Leur corps-à-corps avait été magique, incroyable… Constantine la désirait, et peut-être même désirait-il les bébés. Ses bébés.

Avoir la certitude qu'il était bel et bien le père avait modifié quelque chose en lui, mais pas de la façon dont elle l'avait imaginé. Elle avait cru qu'il serait en colère, mais non. Depuis son aveu, il agissait plutôt comme un homme ressentant un besoin profond de la posséder.

Et elle rêvait d'être possédée par lui.

Il était un jumeau, se souvint-elle soudain.

Depuis qu'il les avait prononcés, ces mots ne cessaient de tournoyer en elle. Elle pourrait facilement vérifier cette information, sauf que… Elle n'avait pas son téléphone. En fait, elle n'avait rien. Rien, à part sa robe de mariée.

La porte de la cabine s'ouvrit d'un coup et elle tira sur le drap pour se couvrir.

— Pourquoi te caches-tu ? lui demanda Constantine, le regard brûlant.

— Je ne savais pas qui allait entrer.

— Je te l'ai dit, il n'y a personne d'autre à bord, nous sommes seuls. Il n'y aura personne d'autre sur l'île non plus.

— Sur l'île ?

— Nous allons dans mon île privée. Nous y serons totalement seuls pendant toute la durée de notre séjour, sauf quand du personnel viendra déposer des provisions mais dans ce cas-là, nous serons prévenus assez tôt.

Il se tut et lui tendit un sac.

— Tiens, tu trouveras des vêtements dedans.

Il partit et, sans attendre, elle ouvrit le sac. Elle y découvrit un joli maillot de bain, un peu minimaliste cependant. Le haut couvrait à peine ses seins arrondis par la grossesse. Le sac contenait également un paréo presque transparent.

Elle s'habilla, sortit de la cabine et, aussitôt, la chaleur méditerranéenne l'enveloppa et détendit ses muscles endoloris. Elle monta sur le pont et y trouva Constantine, en train d'enrouler des cordages. Il ne portait qu'un short, il avait retiré sa chemise. Ses cheveux étaient en désordre, comme s'il venait de se recoiffer avec les doigts. Il était beau ce matin, aussi beau que d'habitude mais plus naturel.

Quand il lui faisait l'amour aussi, il était naturel.

En le voyant ainsi, à jouer les marins, elle avait l'impression de découvrir un autre homme.

— Tu es prête ?

Il se redressa et, comme par magie, l'eau lui vint à la bouche en voyant son large torse, ses abdominaux parfaitement ciselés et sa peau bronzée sous son épaisse toison. Elle ne s'était jamais considérée comme une fan de poils sur le torse mais ceux de Constantin ressemblaient à une œuvre d'art. Comme l'ensemble de son corps, d'ailleurs.

Elle releva les yeux et admira le décor devant elle. Le sable blanc, les cyprès, les oliviers… L'île était magnifique. Au sommet d'une colline, elle pouvait apercevoir un cube de verre. Peut-être s'agissait-il de la maison.

— Il n'y a donc personne ici.

— Non.

— Pourquoi ?

Il la regarda longuement avant de répondre.

— Je tiens à ma vie privée. Un homme doit protéger son intimité, s'il veut travailler efficacement. C'est une des leçons que m'a enseignée mon grand-père.

— Ton père s'occupe-t-il de l'entreprise familiale ?

— Non.

Sans remettre sa chemise, ni ses chaussures, il descendit du bateau. Pieds nus, il s'engagea sans attendre sur un sentier sablonneux et elle le suivit.

Il lui semblait différent ici, plus détendu, plus calme. Ce n'était pas surprenant, il était chez lui.

— Depuis la mort de mon grand-père, l'entreprise est de ma responsabilité. Il m'a longuement préparé pour ce rôle.

— Cela te dérange-t-il ?

L'espace de quelques instants, ses yeux devinrent vides. Tout à coup, il semblait songeur.

— Mes parents sont des gens adorables, tout comme mon frère l'était. Ils sont sociables, joyeux, mais pas forcément fiables. J'ai compris très tôt que je ne pouvais compter sur personne d'autre que moi. Quelqu'un devait gérer la fortune familiale, quelqu'un devait diriger l'entreprise et cette personne, c'était moi. Il n'y avait personne d'autre. Mais cela ne me dérange pas. Certaines personnes brillent plus fort que d'autres mais elles se consument plus vite, aussi. Malheureusement.

Elle le dévisagea et remarqua un feu sombre qui se consumait dans ses prunelles. Ne se rendait-il pas compte qu'il brillait lui aussi ?

Oui, il brillait. Hélas, elle avait le sentiment qu'il le nierait, si elle le lui disait.

— De mon côté, personne n'a jamais compté sur moi, intervint-elle. En tout cas, pas réellement. Ma mère me répétait régulièrement que j'étais responsable de l'échec de sa vie, alors tout ce que je faisais, c'était pour moi. Encore aujourd'hui, j'ignore ce que c'est que de vivre pour quelqu'un d'autre.

Songeuse, elle posa sa main sur son ventre.

— Cela fait-il de moi une femme égoïste ?

— Je ne vois aucune preuve de ton égoïsme.

— Tu n'as pas vu de preuves de mon altruisme non plus.

Il haussa les épaules.

— Tu es ici, c'est une preuve.

— Tu m'as kidnappée !

— Non, je t'ai épousée.

Elle laissa le silence s'installer pendant quelques secondes avant de reprendre.

— Tu sais, j'allais garder le bébé, je n'ai jamais hésité, mais je ne voulais pas que tu lui en veuilles. Je connais le rejet, je l'ai subi. C'est le point le plus important pour moi, Constantine, que tu trouves en toi la force de les aimer. Je sais ce que c'est que d'être élevée par un parent qui n'aime pas ses enfants.

Il hocha lentement la tête.

— Mes parents m'aiment, à leur façon. Malgré tout, ils ont fait des dégâts considérables.

Elle le regarda droit dans les yeux. Il fallait à tout prix qu'il comprenne.

— Je te supplie d'envisager les conséquences d'un manque d'amour sur les bébés. Sans amour, la vie n'a aucun sens. Ma mère était si froide avec moi… Quand j'ai quitté la maison, elle a agi comme si elle était enfin débarrassée de moi. Elle ne m'a jamais appelée depuis. Je lui téléphone de temps en temps mais nos conversations restent glaciales. Jamais elle n'a essayé de me retenir ou de créer un lien. Cette distance m'a blessée. Tout ce que je voulais…

Incapable de poursuivre, elle s'interrompit. Les larmes lui piquaient les yeux et la honte venait de l'envahir.

— Ce que je voulais, c'était juste que quelqu'un prenne soin de moi. Ces bébés…

Pour la première fois, son cœur se gonfla d'amour. Elle avait besoin de ces enfants, plus que tout au monde.

— Ces bébés seront ma chance de trouver le bonheur, ils seront ma famille. Je ne veux pas que tu sois comme ma mère, avec eux. Ces enfants n'ont rien demandé. Ils n'ont pas demandé à avoir pour mère une fille qui n'a jamais été aimée, ils n'ont pas demandé…

— Un homme tel que moi comme père ? Tu as raison. Ils n'ont pas demandé un père aussi fermé qu'une porte de prison.

— Je ne voulais pas dire ça. Quels que soient nos passés respectifs, les bébés ne sont coupables de rien.

— Rassure-toi, je n'ai pas envie de transmettre mes traumatismes à quiconque, et encore moins à mes enfants. Mais ce n'est pas pour cette raison que je ne voulais pas d'enfant.

— Explique-moi. J'aimerais comprendre.

Il prit une profonde inspiration avant de répondre.

— Je t'ai dit que j'étais un jumeau, commença-t-il d'une voix acérée. Un faux jumeau. Ma sœur, Athena… Un jour, lorsque nous avions huit ans, nous étions à la plage. Mes parents étaient en train de boire, avec des amis, ils adoraient ce genre de vacances. Une nourrice surveillait Alex et… Athena et moi avons été kidnappés, enlevés par des ennemis de mon grand-père.

Sous le choc, elle s'arrêta de marcher.

— Tu… Quoi ?

— Nous avons été retenus pendant deux mois.

— Constantine…

— Personne n'est venu nous chercher. Nous avons attendu, des jours et des jours, mais personne n'est venu. Parfois, nous étions séparés l'un de l'autre et quand nous étions trop effrayés ou trop affamés, les malfrats nous remettaient ensemble afin que nous puissions voir à quel point la terreur s'abattait sur l'autre. Au bout de quelques semaines, je n'ai plus revu Athena. Les ravisseurs m'ont annoncé que je ne la reverrai qu'à condition de réussir un test. Malheureusement, j'ai échoué. Ils m'ont laissé seul dans le noir pendant des jours en m'ordonnant de ne pas pleurer car ils le sauraient. Un jour, alors que je pensais être seul, j'ai pleuré. J'ai pleuré comme un bébé. Quelques jours plus tard, mon grand-père a payé la rançon et j'ai été libéré mais pas Athena. Ma sœur n'a jamais été retrouvée. Athena avait disparu, à cause de moi.

— Tu n'as aucune raison de t'en vouloir. Il s'agissait de gangsters.

— C'est comme ta mère. Ton père t'a abandonnée, c'est vrai, mais ta mère n'était pas obligée de te punir. Elle aurait pu faire un choix différent. Moi aussi, j'aurais pu faire un choix différent, j'aurais pu être plus fort. Malheureusement, j'étais faible. Depuis, je n'ai plus jamais été faible. Je l'ai laissée tomber, Morgan, tu comprends ? Des années plus tard, j'ai laissé tomber Alex mais je ne laisserai plus jamais tomber ma famille. Plus jamais. J'en fais le serment.

— C'est pour cette raison que tu as compris que je n'étais pas avec Alex pour son argent, parce que le kidnapping a fait la une des journaux, n'est-ce pas ?

— Oui. La nouvelle de la disparition d'Athena a fait le tour du monde.

— Tu es sûr qu'elle…

— Personne ne l'a jamais revue. Son corps n'a jamais été retrouvé, c'est vrai, mais ces gens sont capables de tout, y compris de ne laisser aucune trace.

— Tu n'es responsable de rien.

— Si, du moins en partie. Je n'ai pas peur de l'affirmer.

S'il avait peur, ce n'était pas d'assumer son éventuelle responsabilité, c'était davantage de ne pas l'assumer. Elle pouvait le voir clairement.

Elle le dévisagea, essayant de réconcilier l'image d'un petit garçon blessé et celle de l'homme fort marchant devant elle.

— Alex ne m'a jamais parlé d'Athena.

Comme s'il avait lu dans ses pensées, il laissa échapper un long soupir.

— Ne pas se souvenir était pour lui un moyen de faire son deuil.

— Cela doit être terrible de perdre un jumeau. Je suis fille unique alors je ne peux pas imaginer le lien…

— C'est drôle, la coupa-t-il, j'ai toujours eu l'impression que nous avions un lien magique, avec Athena. Après sa disparition, j'aurais pu avoir le sentiment qu'un membre m'avait été arraché mais au contraire, je ressens toujours ce lien et je ne sais pas ce que cela signifie.

— Certains liens sont plus forts que la mort.

Il haussa les épaules.

Quelques secondes plus tard, le sentier tourna et ils abordèrent un jardin multicolore. Derrière, elle apercevait une maison, une merveille de design en bois et en verre avec de grandes baies vitrées sur lesquelles se reflétait la mer.

— Cette maison est à moi. Les autres domaines en Grèce appartiennent à ma famille mais celui-ci est à moi.

Tout à coup, elle avait le sentiment qu'elle le connaissait mieux que quiconque sur terre et elle souffrait pour lui. Le pauvre, il avait eu le sentiment d'avoir été abandonné. Quelle horrible tragédie. Et elle qui avait cru qu'il était un homme dépourvu de sentiments… En fait, il avait juste trop souffert, dans le passé. Voilà pourquoi il s'était renfermé sur lui-même. Personne n'aurait pu supporter une telle douleur sans subir de séquelles.

— Allons-y.

Ils traversèrent le jardin, montèrent quelques marches et les portes s'ouvrirent automatiquement.

— Reconnaissance faciale, lui expliqua-t-il.

Elle le suivit et demeura bouche bée, sous le choc. Les sols étaient en pierre, des plantes grimpaient sur les murs intérieurs jusqu'aux poutres qui couraient au plafond. Le bois chaud formait un contraste frappant avec le verre, autour d'eux.

Ici, ils étaient seuls au monde.

— Ce n'est pas du tout ce à quoi je m'attendais.

— À quoi t'attendais-tu ?

— À plus de marbre, je suppose.

— Ce sont mes parents qui aiment le marbre. Ici, je voulais donner la priorité à la nature.

— Si tu pouvais vivre à l'endroit de ton choix, ce serait ici, n'est-ce pas ?

— Quand j'ai été kidnappé et enfermé seul, j'ai été terrifié. Finalement, j'en ai tiré une leçon, à savoir que la solitude est le seul moyen de trouver la paix. Si un homme est capable d'être seul avec lui-même, alors tout lui est possible.

Sans doute avait-il également appris à ne jamais pleurer, à ne jamais se laisser aller à ressentir quoi que ce soit, de peur de perdre le contrôle.

Il n'avait pas besoin de prononcer ces mots, elle les devinait.

— Tu passes beaucoup de temps seul.

Ce n'était pas une question mais une affirmation.

— En effet. C'est ainsi que j'aime ma vie.

Non, c'était ainsi que sa vie était, c'était un peu différent. Il se punissait, elle le voyait, mais pourquoi ?

Elle saisit sa main et la posa sur son ventre arrondi.

— Ils sont à toi.

Il hocha lentement la tête.

— Je sais. Je n'ai plus de doutes.

— Pourquoi ne doutes-tu plus de moi maintenant, alors que tu doutais, avant ? J'aurais pu te mentir, quand je t'ai dit que j'étais vierge.

À ces mots, il la foudroya du regard.

— Ce n'était pas un mensonge, je le sais. Mon désir pour toi est sans limite, Morgan. Cette maison est mon sanctuaire. D'habitude, je n'invite personne ici, mais j'ai souhaité t'amener ici pour t'avoir pour moi tout seul.

Elle pouvait le comprendre. Le monde avait été cruel avec lui alors pour une fois, il avait envie de douceur.

— Tu n'en veux pas à tes parents, pour le kidnapping ?

— À quoi bon ? répondit-il dans un soupir. Ils sont ma seule famille.

— Plus maintenant.

Il n'était plus seul, désormais. Il connaissait ses secrets, et elle connaissait les siens.

— Je dois y aller, j'ai du travail.

— Du travail ?

— J'ai un bureau à l'étage.

— Ah… D'accord.

— Le réfrigérateur est plein, n'hésite pas à te servir, si tu as faim. Tu peux te baigner dans l'une des piscines, si tu veux, ou explorer les jardins. Une chambre a été préparée pour toi, si tu veux faire une sieste.

— Merci. Savoir que tu as fait une place pour moi signifie beaucoup.

— Je prends soin de ce qui m'appartient.

Sans un mot de plus, il monta à l'étage, ses pas résonnant sur les marches en bois.

Une fois seule, elle savoura le silence. Elle entendait juste le bruit des vagues, au loin, un bruit régulier et apaisant qui devait faire du bien à Constantine.

Il portait en lui beaucoup de colère, à cause de sa famille. Mais aujourd'hui, elle était sa famille, sa nouvelle famille. Avec ses jumeaux.

9.

— Que s'est-il passé ?

— C'est compliqué.

— Peu importe, mon garçon, répondit son père. J'ai le temps.

La vie était parfois ironique. D'habitude, son père n'avait le temps pour rien, à part pour faire la fête, mais aujourd'hui, alors que pointait le risque d'un scandale, il était disponible.

Il repoussa cette pensée. Inutile de s'énerver. Ses nerfs étaient simplement à vif parce qu'il avait parlé d'Athena et parce que, à l'évidence, Morgan n'avait pas compris pourquoi il était écrasé par le poids de la culpabilité.

Il revint au présent.

— Tu risques de ne pas être content.

— Ne me dis pas qu'Alex n'est pas le père des bébés.

— Il n'est pas le père.

— Que va-t-on dire à ta mère ? Cette nouvelle va lui briser le cœur.

— Ne t'inquiète pas, ces bébés seront toujours tes petits-enfants.

Son père demeura silencieux quelques instants, visiblement perplexe.

— Qu'es-tu en train de dire ? Je ne comprends pas.

— Ces bébés sont les miens.

— Les tiens ? Comment est-ce possible ?

— La réponse est simple. Ton fils chéri a trompé Morgan.

Après l'avoir découvert au lit avec une autre femme, elle est venue dans ma chambre et…

— Bon sang, Constantine ! Tu ne pouvais pas laisser la petite amie de ton frère tranquille ? Elle était l'amour de sa vie !

— Elle était tellement l'amour de sa vie qu'il était avec une autre femme la nuit de sa mort, rétorqua-t-il d'un ton amer. Je sais que tu aimais Alex, et moi aussi je l'aimais, mais il a trahi Morgan.

— Ne l'as-tu pas trahi toi aussi ? Tu aurais pu au moins attendre que leur relation se termine.

— En effet, mais je n'ai pas attendu. Je la désirais, je l'ai eue. Je pensais néanmoins que les enfants étaient ceux d'Alex. Il se trouve que ce n'est pas le cas.

— C'est…

— Vas-y, dis-le. Avoue que tu es déçu, je sais qu'Alex était ton fils préféré.

— Si je suis déçu, c'est parce que ton frère n'aura plus jamais d'enfant. Tandis que toi, tu aurais pu avoir des enfants avec n'importe qui.

— Alex aurait pu choisir de coucher avec sa petite amie au lieu de prendre une maîtresse. S'il ne l'avait pas trompée, il serait encore en vie, cria-t-il.

La colère commençait à monter en lui.

— Il vaut peut-être mieux que ta mère ne soit pas au courant.

— Tu voudrais que je renie mes propres enfants devant ma mère juste pour préserver son fantasme ?

Il se tut et laissa le silence s'installer sur la ligne. Son père détestait les affrontements, depuis toujours, alors sans doute allait-il changer de sujet.

— Alors ? insista son père au bout de quelques secondes.

— Je vais réfléchir.

— Attention à ce que tu décides. Les conséquences de ton choix risquent d'être lourdes.

— Encore une fois, tu fais peser toute la responsabilité sur moi ? Ça devient une habitude !

— Je n'étais pas là, le coupa son père d'une voix glaciale.

C'est toi qui étais retenu prisonnier ! C'est toi qui as échoué au test !

Son père n'avait jamais été cruel avec lui auparavant, mais aujourd'hui, il était particulièrement dur.

— J'ai accepté ma part de responsabilité, papa. Je sais que j'ai été faible. Tu ne devrais pas m'en vouloir. La faiblesse, c'est un trait de caractère que tu connais bien…

Son père laissa échapper ce qui ressemblait à un cri du cœur.

— Tu ne crois pas que j'en suis conscient ? J'ai perdu deux enfants et je croyais… Je croyais que ces bébés feraient revivre une partie de ton frère.

— Malheureusement, il n'y a que moi.

— Ta mère…

— Laisse tomber. Nous en rediscuterons plus tard.

Fatigué, il raccrocha le téléphone et s'approcha de la fenêtre pour regarder la mer, au loin. Il n'était pas surpris par la réaction de son père. Il se doutait bien que ce dernier aurait du mal à accepter la nouvelle de sa paternité.

Il se força à respirer calmement. Malheureusement, il avait du mal. Une peur étrange pesait sur sa poitrine et menaçait de l'étouffer.

Ces enfants étaient sous sa responsabilité, et puis il y avait Morgan. Morgan qui…

Pendant des mois, il avait été en colère contre elle. Il lui en voulait de l'avoir séduit, d'avoir osé être belle alors qu'elle appartenait à son frère. Aujourd'hui, il comprenait juste qu'elle était son point faible, depuis le début.

Heureusement, elle est à toi maintenant.

Peut-être… Peut-être son père avait-il raison, après tout. Peut-être qu'en laissant le monde croire que ces enfants étaient ceux de son frère… Peut-être était-ce la solution pour garantir leur sécurité car, s'il était sûr d'une chose, c'était qu'il finissait toujours par perdre ceux qu'il aimait et il refusait de faire subir ce destin tragique à ses enfants.

Morgan n'avait pas vu Constantine de la journée. Ce matin, elle avait trouvé une corbeille de fruits dans la cuisine et avait passé la journée à les grignoter. À sa grande surprise, elle avait pris plaisir à manger sainement. Ici, elle n'avait pas envie d'aliments riches en glucides, la simplicité lui convenait parfaitement.

Elle ne prit pas la peine d'enlever le bikini que Constantine lui avait donné et de se changer. Il n'y avait personne ici, même pas Constantine. D'ailleurs, celui-ci commençait à lui manquer.

La veille, elle lui avait avoué la vérité et sa réponse n'avait pas été celle qu'elle attendait. Il avait semblé en colère contre elle, mais ouvert en même temps, ce qui avait eu pour conséquence de la troubler encore plus. Depuis, les questions ne cessaient de l'assaillir. Une question, en particulier, tournait en boucle dans sa tête.

Devait-elle appeler sa mère ?

Elle allait bientôt devenir maman et une partie d'elle avait envie de tendre la main à la femme qui lui avait donné la vie. Une autre partie d'elle, cependant, redoutait de discuter avec elle, cette femme qui l'avait tant blessée. Elle n'avait pas envie de lui parler et, en même temps, elle avait envie de comprendre.

Elle avait besoin de comprendre.

Malheureusement, elle n'avait pas son téléphone avec elle. Elle avait tout abandonné au mariage. Ce qui signifiait qu'elle devait trouver Constantine.

Elle monta les escaliers, posant doucement les pieds sur les marches en bois qui semblaient flotter dans l'air, simplement maintenues par des câbles tendus. Sur le palier, elle resta pendant un long moment à fixer la mer qui brillait comme des pierres précieuses, au loin.

La vie était parfois surprenante. Elle n'était qu'une serveuse qui ne demandait rien d'autre que de survivre, une jeune femme qui voulait, plus que tout, ne pas répéter les erreurs de sa mère, et la voilà aujourd'hui ici, à suivre exactement la même route que sa mère. La seule différence, c'était que le père de ses enfants était riche et qu'il insistait pour reconnaître ses enfants.

À cette idée, la honte l'envahit. Finalement, elle ne valait pas mieux que sa mère. Elle avait juste eu un peu plus de chance.

C'était le désir qui l'avait guidée, lors de sa première nuit avec Constantine. Et depuis, elle ne s'était pas beaucoup mieux comportée. Elle ne lui avait pas résisté, sur le pont du yacht. En fait, à aucun moment elle ne lui avait résisté. Elle l'avait vu, elle l'avait désiré et elle n'avait pas pensé à l'avenir.

Elle entendit soudain une porte s'ouvrir. C'était lui, forcément, ils étaient les deux seules personnes présentes sur l'île.

Suivant le bruit, elle avança dans un long couloir, comme un pont suspendu au-dessus du salon. Le couloir tourna et elle le vit enfin. La maison était immense et pourtant, sitôt qu'elle l'aperçut, l'air lui manqua.

Il n'était pas en costume. Il portait néanmoins une chemise blanche, boutonnée à moitié.

Elle le dévisagea. Il était vraiment aussi beau qu'un dieu de l'Antiquité, et elle le désirait toujours, même maintenant qu'elle avait découvert son secret, les caprices du destin dont il avait été victime, les accidents…

— Il faudrait que j'appelle ma mère, lui annonça-t-elle.

— Comme tu veux.

— Malheureusement, j'ai laissé toutes mes affaires sur le continent. Je n'ai pas mon téléphone.

— Tu connais le numéro ?

Oui, elle le connaissait par cœur, mais seulement parce que sa mère n'en avait pas changé depuis qu'elle était enfant.

— Oui.

— Alors tu peux utiliser mon téléphone.

— Merci.

— De mon côté, j'ai parlé à mon père.

Soudain inquiète, elle grimaça.

— Et ?

— Il m'en veut, c'est certain.

— Il est sans doute en colère contre moi, également.

— Non, fais-moi confiance, son mécontentement est entièrement dirigé vers moi.

Sentant l'émotion s'accumuler en elle, elle cligna des yeux pour refouler ses larmes.

— Je suis au moins complice. Si tes parents m'en veulent…

— Mon père pense que ce serait mieux que ma mère n'apprenne pas la vérité. J'ai réfléchi et je pense qu'il a peut-être raison.

— Je ne comprends pas.

— Les enfants seraient peut-être plus en sécurité si tout le monde ignorait que j'en étais le père.

— Plus en sécurité ? Mais… Qui pourrait leur en vouloir ?

— Les mêmes que ceux qui m'ont kidnappé quand j'étais enfant. Il s'agit des membres d'une puissante famille du crime organisé. La haine qu'ils éprouvaient contre mon grand-père ne s'est pas miraculeusement éteinte, elle est juste dirigée contre moi, désormais.

— Tu penses vraiment que cacher le fait que tu es leur père pourrait les protéger ?

— Je l'ignore. Tout ce que je sais, c'est que ma sœur…

— Je comprends, le coupa-t-elle, même si ce n'était pas le cas.

Pas tout à fait, en tout cas. Ce qu'elle comprenait, c'était que cet homme d'apparence si solide avait peur, peur pour les enfants qu'elle portait. Peut-être avait-elle simplement besoin d'entendre ses craintes et de les accepter, même si la perspective qu'il ne reconnaisse pas officiellement les jumeaux lui faisait de la peine.

Elle repensa à son père, qui ne l'avait pas reconnue et n'avait jamais rien voulu savoir d'elle. La situation était différente.

— Je crois que tu utilises ce prétexte pour garder tes distances.

— Qu'est-ce que tu veux dire ?

— Tu as traversé des événements dramatiques et je me demande si tu n'utilises pas ces faits comme une excuse pour t'éloigner de ton rôle de père. Alors que tu es le père de ces bébés.

— Je sais que je suis le père.

— De mon côté, j'ai peur de ne pas être une bonne mère pour mes enfants, de ne pas être une meilleure mère que la mienne. Ou peut-être que je le serai, par défaut, parce que je n'ai pas à me soucier de questions financières. Peut-être que c'est la seule raison pour laquelle je m'en sortirai mieux.

— Je ne comprends pas. Pourquoi chercher des raisons ? Si tu es une meilleure mère, tu es une meilleure mère, un point c'est tout.

— Tu le crois vraiment ? J'ai passé tant d'années à être en colère contre ma mère que... Quand j'ai découvert que j'étais enceinte, j'ai d'abord ressenti de la tristesse. Je m'en voulais parce que j'avais commis la même bêtise que ma mère, j'étais tombée enceinte par accident d'un homme qui ne voulait rien avoir à faire avec son propre enfant. Avec ces enfants, il ne m'est jamais venu à l'esprit que je pouvais être enceinte de jumeaux. Si j'étais restée seule pour les élever, aurais-je sombré dans l'amertume comme ma mère ? M'occuper seule de deux enfants tout en travaillant... Qu'est-ce qui m'aurait empêchée de les considérer comme un fardeau ?

— Moi.

— Ton argent ?

— Peu importe, trancha-t-il d'un ton définitif avant de lui tendre son téléphone. Tiens, appelle ta mère.

Ce qui l'attristait et l'inquiétait le plus, c'était qu'elle pensait vraiment que l'argent pouvait faire la différence.

Enfin. Elle inspira profondément et se força à arrêter de se torturer, c'était inutile.

— Où puis-je m'installer ?

— Ta chambre est ici.

Il fit quelques pas et ouvrit la porte d'une immense chambre offrant un panorama à perte de vue sur la mer. Avec ses grandes baies vitrées, elle semblait comme suspendue au-dessus de la colline.

— Chaque pièce de cette maison a été conçue pour s'intégrer à la nature environnante.

— C'est magnifique. Tout ce qui m'entoure est beau, quand je suis avec toi.

Sa voix était triste, sans doute parce qu'elle l'était un peu.

Il la dévisagea quelques instants avant de refermer la porte derrière elle.

Les doigts tremblants, elle composa alors le numéro puis, perdue, ferma les yeux. Avait-elle vraiment envie que sa mère réponde ? Elle ne savait plus.

Au bout de trois sonneries, sa mère décrocha.

— Allô ?

— Salut, maman.

— Morgan ?

Sa mère semblait très étonnée, à juste titre puisqu'elle ne lui avait pas parlé depuis deux ans.

— Oui, c'est moi. J'avais besoin de te parler.

— Oh ?

Elle n'était pas surprise que sa mère ne soit pas déjà au courant. Celle-ci ne s'intéressait ni aux potins, ni à la vie des personnes riches et célèbres.

— Je me suis mariée hier, maman.

— Eh bien, en voilà une nouvelle. Je suis très contente pour toi, même si je regrette de ne pas avoir été présente.

— Tout s'est passé très vite. Je suis… Je suis enceinte.

— Oh ! fit sa mère d'une voix remplie de sous-entendus.

Sans doute devait-elle se dire que c'était pour cette raison qu'elle s'était mariée.

— J'attends des jumeaux.

— C'est vrai ? Pourtant, il n'y a pas de jumeaux dans la famille.

— Dans celle du papa, si. Je dois accoucher dans quatre mois, où peut-être un peu avant, les jumeaux viennent souvent au monde en avance.

— Si je comprends bien, tout ne s'est pas passé si vite que ça, reprit sa mère d'un ton un peu accusateur. Tu m'appelles juste pour m'annoncer cette nouvelle ?

— Non, je voulais… Je voulais aussi te poser une question mais je ne sais pas trop comment… J'ai peur de…

— De quoi as-tu peur ?

— M'as-tu jamais aimée, maman ? Ou est-ce que j'ai seulement été un fardeau pour toi ?

— Bien sûr que je t'aimais, ma chérie, et je t'aime toujours. Je n'aurais pas travaillé si dur pour prendre soin de toi si cela n'avait pas été le cas.

À ces mots, la culpabilité l'envahit. Sa mère avait toujours été si triste qu'elle avait cru être un fardeau pour elle mais… Sa mère avait fait un choix, et ce choix avait été de la garder et de l'élever. Elle avait juste commis des erreurs qui l'avaient blessée.

Elle l'avait appelée car elle cherchait désespérément une assurance qui lui garantirait qu'elle n'agirait pas de la même manière avec ses propres enfants, mais tout à coup, elle se sentait coupable d'avoir jugé sa mère si durement, d'avoir été si sûre de sa propre supériorité.

— Je le croyais pourtant. Tu n'as jamais semblé très heureuse de m'avoir.

— Je ne sais pas si j'ai jamais été heureuse, répondit sa mère.

Ces mots lui transpercèrent le cœur et l'émotion la gagna.

— Pourquoi ?

Sa mère prit une grande inspiration avant de répondre.

— Pour être honnête, je n'y ai jamais pensé. Je n'avais pas le temps d'y réfléchir. J'enchaînais les journées avec un seul objectif, veiller à ce que tu manges à ta faim et sois en sécurité. Malgré ta présence, je me sentais seule. Terriblement seule.

— Je suis désolée. Je suis désolée si j'ai contribué à ta solitude. J'aurais dû être là pour toi mais j'ignorais que tu me voulais à tes côtés.

— Je n'ai jamais aimé demander. J'ai supplié ton père de

m'aimer, et je ne me suis jamais sentie aussi misérable que lorsqu'il a refusé. Demander à quelqu'un de s'intéresser à moi et se faire dire qu'il ne le fera pas…

— Tu as aimé mon père ?

— Oui. Et malheureusement, j'ai laissé cet amour m'aveugler pendant bien trop longtemps. Quand j'ai enfin décidé de me reprendre en main et de m'en libérer, j'avais pris l'habitude d'être seule.

— J'aimerais que tu sois présente, après la naissance des enfants.

Ce n'était pas pour cette raison qu'elle avait appelé mais, tout à coup, elle en avait envie. Elle aussi se sentait seule. Sa mère n'était pas mauvaise, elle était juste… Triste. Et maintenant qu'elle avait abandonné l'idée qu'elle était supérieure, elle ne la regardait plus de la même façon.

En fin de compte, sa mère était juste humaine. Fragile et faillible, comme elle.

Aujourd'hui, elle n'avait pas envie que la colère ou la tristesse lui dicte sa façon d'être avec ses propres enfants, ou sa façon d'être avec sa mère. Elle ne voulait penser qu'au futur, et à un futur heureux.

— Cela me ferait grand plaisir, répondit enfin sa mère.

— Un jour, je te raconterai toute l'histoire. En attendant, sache que je suis en Grèce.

— En Grèce ?

— Oui, mon mari fait partie d'une grande famille du pays. Nous sommes sur une île, en ce moment. Et…

Elle s'interrompit. L'émotion qui la tenaillait était si forte, tout à coup, qu'elle avait du mal à parler.

— Je t'aime, murmura-t-elle soudain.

— Je t'aime aussi, répondit sa mère. Je t'ai toujours aimée. T'élever seule n'a pas été facile mais j'ai fait du mieux que j'ai pu.

Elle la croyait. Oui, elle la croyait parce que cela lui faisait du bien d'y croire. Pourquoi ne l'aurait-elle pas crue, de toute façon ? Elle la croyait aussi parce qu'elle voulait guérir, et faire confiance à sa mère était le premier pas.

S'accrocher à sa propre douleur ne l'aiderait pas à cicatriser. Elle ne pouvait pas se permettre de ressasser son amertume, elle devait aller de l'avant, pour le bien de ses enfants et pour elle-même.

— Il faudrait que nous parlions plus souvent, reprit-elle.

— Bonne idée.

— Je te préviendrai, quand les bébés arriveront.

— Merci.

Elle raccrocha et, rêveuse, fixa l'horizon. Le chemin était encore long mais elle avait déjà avancé. Elle était contente.

Constantine était tellement dur qu'il ne voulait pas reconnaître les enfants comme étant les siens. Quant à sa mère, seule pendant tant d'années, elle avait été forcée de s'endurcir.

Que serait-ce de vivre avec Constantine sans connaître ses sentiments ? Devrait-elle faire semblant de ne pas s'en soucier pour ne pas affecter ses enfants ? Elle ne voulait pas retenir ses sentiments parce qu'elle était blessée, ou parce que la solitude de sa mère l'avait blessée.

Elle s'approcha de l'armoire de la chambre et l'ouvrit. À l'intérieur, elle trouva une robe bleu vif faite pour mouler le corps de la femme qui la porterait. Elle avait soudain envie d'être cette femme, celle qui serait belle dedans, celle qui pourrait séduire un homme.

Celle qui pourrait séduire Constantine.

Voilà le problème. Au milieu de ses questions sur la maternité, il y avait Constantine et leur relation. Elle aurait aimé qu'ils puissent régler cette question tranquillement, sans aborder le mariage ou les enfants.

Après réflexion, peut-être qu'elle devait mettre de côté le fait qu'ils s'étaient mariés, le fait qu'ils allaient avoir des enfants. Peut-être qu'ils avaient besoin d'oublier tout cela et de simplement profiter du fait d'être ensemble ici, seuls au monde.

Oui, voilà ce qu'elle allait faire.

10.

Travailler ici, sur l'île, était une véritable torture. Il ne le faisait pas souvent, mais il n'avait pas le choix aujourd'hui. Il devait éviter Morgan.

Espèce de lâche !

Oui, il était lâche. Il lui avait en effet annoncé qu'il ne reconnaîtrait peut-être pas les enfants. Depuis, cependant, la culpabilité le rongeait.

Avait-elle raison ? Il l'ignorait, il se demandait rarement si quelqu'un d'autre que lui avait raison. À l'exception des années qui avaient suivi l'enlèvement, il ne s'était jamais considéré comme lâche. Il avait été faible une fois, à huit ans, et depuis, il s'était juré de ne plus jamais l'être.

Revenant au présent, il descendit les escaliers et une délicieuse odeur lui chatouilla aussitôt les narines. Quelques secondes plus tard, le spectacle qu'il découvrit l'excita encore plus que la perspective du dîner. Morgan était debout près d'une table dressée au milieu du luxuriant jardin. Elle portait une robe bleue qui épousait parfaitement ses courbes, ses cheveux d'un roux éclatant descendant en cascade sur ses épaules.

Sous le choc, sous le charme, il s'arrêta net et avala tant bien que mal sa salive. Tout à coup, il avait très envie de compter les taches de rousseur sur sa poitrine, de dessiner son corps voluptueux avec ses mains et surtout, de la faire sienne.

— J'ai eu envie de nous préparer à dîner, lui expliqua-t-elle lorsqu'il la rejoignit. Ces deux derniers jours m'ont paru interminables. Nous nous sommes mariés, nous avons fait notre devoir en appelant nos parents et maintenant, nous sommes ici, sur cette île privée, toi et moi, seuls au monde. Je ne suis plus la petite amie de ton frère et tu n'es plus le grand frère désapprobateur de mon petit ami. Je pense que nous devrions prendre le temps d'assimiler toutes les implications de ces changements.

Pour être honnête, il ne voulait pas réfléchir. Il avait juste envie de savourer l'instant. Ce soir, il rêvait d'oublier les traumatismes du passé, d'effacer les souvenirs pour enfin profiter de la séduisante jeune femme qui se trouvait devant lui.

Morgan n'était plus la petite amie de son frère. Morgan était simplement une femme, une belle femme qu'il désirait. D'habitude, il ne cédait jamais à la tentation, il n'était pas ce genre d'hommes, mais ce soir il en avait envie.

— Tu as cuisiné ?

— J'ai trouvé des steaks et de beaux légumes dans le réfrigérateur. Je cuisine depuis longtemps et je dois te dire que ta cuisine est digne de celle d'un restaurant.

— Je ne fais jamais à manger alors je ne m'en rends pas compte.

— À quoi bon posséder un tel matériel professionnel si tu ne l'utilises même pas ?

Pour toute réponse, il haussa les épaules puis il s'approcha d'elle et recula sa chaise.

— Installe-toi.

— Merci.

Le soleil était bas dans le ciel, créant une ambiance rosée et romantique autour d'eux. Le parfum des fleurs l'enivrait, à moins que ce ne soit celui de Morgan. Tout à coup, il avait l'impression qu'elle venait de lui jeter un sort, qu'elle l'avait ensorcelé. Pourtant, il n'était pas le genre d'hommes à croire aux contes de fées ou à céder au chant des sirènes.

Morgan avait raison sur un point. Entre la décoration ridicule de la chambre de sa mère et le luxe dans lequel il vivait, sa vie pouvait être comparée à un conte de fées.

Pourtant, il n'en profitait pas. Il ne s'autorisait pas à croire aux contes de fées.

Et si ce soir, juste ce soir, il y croyait ? Après tout, être sérieux et raisonnable ne lui avait pas permis de sauver Alex. Après la disparition d'Athena, il s'était forcé à changer, convaincu qu'il pourrait ainsi empêcher un nouveau drame de s'abattre sur sa famille. En vain. Malgré sa force et sa détermination, il avait échoué.

Le monde était tellement cruel qu'il n'avait jamais pris le temps de profiter de toute la beauté qui l'entourait. Jusqu'à ce qu'il croise le regard de Morgan.

— Je n'ai jamais considéré l'opulence comme un pouvoir magique, reprit-il. Très tôt, j'ai été témoin de la cruauté du monde. Mon argent ne m'a pas permis d'y échapper.

— Je comprends.

— Toute ma vie, j'ai été entouré par la richesse et la beauté. Les îles privées, les belles maisons… Tout cela ne signifiait rien, pour moi. Mais toi… Dès que je t'ai vue, j'ai eu l'impression de découvrir un trésor. Un trésor inédit, plus beau que n'importe quelle statue en or massif. Je suis un homme d'argent et de pouvoir, rien ne m'a jamais été interdit. Sauf toi.

— Tu veux dire que je suis ton seul péché mignon ?

— Tu l'as été, oui.

— Je ne pense pas avoir jamais été le péché mignon de qui que ce soit, murmura-t-elle, les yeux humides.

Pourquoi un compliment aussi simple, presque grossier, lui faisait-il un tel effet ?

— Je suis sûr que beaucoup d'hommes auraient aimé que tu sois leur péché mignon.

— Je n'ai jamais cherché à l'être mais quand je t'ai rencontré…

— Pourquoi ne pas faire comme si nous venions de nous rencontrer ?

Tout à coup, il avait envie de jouer.

— D'accord, faisons comme si je ne savais rien de toi. Alors, quelle était ta glace préférée, quand tu étais enfant ?

Incapable de s'en empêcher, il éclata de rire. Son espièglerie le désarmait, la lueur malicieuse de son regard également, tout comme son petit sourire et la mention de la crème glacée.

— Je ne sais pas.

— Je ne te crois pas. Tous les enfants ont une glace préférée. Quel parfum commandais-tu lorsque tu allais chez le marchand, du moins si les enfants de milliardaires vont chez le marchand de glace ?

— Ils n'y vont pas.

C'était un mensonge. La vérité était qu'il ne s'en souvenait pas. Il ne s'autorisait jamais à penser à son enfance, parce que dans son enfance, il y avait Athena, et penser à elle lui faisait l'effet d'un coup de poignard dans le cœur. Après sa disparition, il avait cessé d'être un enfant. Il avait grandi d'un seul coup.

Il possédait tout de même quelques souvenirs. Il se rappelait qu'un jour, son grand-père les avait emmenés, Athena, le petit Alex et lui, pour acheter une glace dans un kiosque, face à la plage, cette même plage sur laquelle ils allaient être enlevés quelques mois plus tard.

Il essaya de se concentrer sur cet instant précis, ni sur l'avant, ni sur l'après, et peu à peu, la joie qu'il avait ressentie sur le moment remonta à sa mémoire, et il se souvint de la glace.

— Une glace au chocolat, avec du caramel. Voilà ce que je choisissais. Mon grand-père nous achetait à chacun un cône. Je ne peux pas penser à la crème glacée sans aussi penser à la plage et surtout au soleil qui la faisait fondre à toute vitesse.

Il ferma les yeux et revit le cône dans sa main, la glace dégoulinant le long de ses doigts.

— Parfois, ma mère m'achetait une glace, dans l'épicerie du quartier. Je ne prenais jamais de cône. Je préférais la glace dans un petit pot, il y en avait plus ! Je choisissais toujours de la glace à la vanille avec des noix de pécan caramélisées. Dans mon souvenir, j'étais vraiment heureuse.

— Moi aussi.

— Nos souvenirs sont très différents mais ils nous rapprochent un peu, non ?

Il hocha lentement la tête.

— Oui. C'est vrai. Tu as raison.

— Quel était ton dessin animé préféré ?

— Je ne regardais pas de dessins animés.

— Je suis certaine que si. Personnellement, j'adorais un dessin animé qui passait sur la chaîne publique, l'histoire d'un chien qui se déguisait pour pénétrer dans des livres et en devenir le héros. Je me souviens que je rêvais que mon imagination soit aussi débordante que celle du chien.

— Je suppose que mon imagination n'avait pas besoin d'être aussi puissante.

Tout en prononçant ces mots, il se revit dans la salle de jeux, tôt le matin, blotti sous une couverture, Athena à ses côtés.

— Je me rappelle vaguement d'un dessin animé dont les héros étaient des poneys possédant des pouvoirs magiques. Ma sœur aimait le regarder. Je m'asseyais avec elle mais je ne regardais pas. Je préférais les histoires de chevaliers.

— Évidemment.

— Nous avions une salle de cinéma, à la maison. Mes parents y projetaient des films ainsi que des dessins animés. Je me souviens d'un film sur une jeune femme qui s'habillait en homme et combattait à l'épée pour sauver son pays. Pour être honnête, tu me fais un peu penser à cette héroïne.

— Je ne me suis pourtant jamais déguisée en homme !

— Peut-être pas, mais tu es prête à te battre, quoi qu'il arrive.

— Je pense que c'est l'un des plus beaux compliments qu'on m'ait jamais fait, même si je suis parfois fatiguée de me battre.

Moi aussi.

Il aurait aimé prononcer ces mots mais ils restèrent coincés dans sa gorge. Il n'avait pas le luxe d'être fatigué de se battre. Pourquoi se battait-il, d'ailleurs ? Pour expier les douleurs du passé qu'il ne pouvait pas réparer, même s'il essayait de toutes ses forces ? Pour faire ce que son grand-père lui avait dit, après la disparition d'Athena, quand il l'avait regardé avec des yeux sombres et lui avait ordonné de se conduire comme un homme ? Quelle que soit la raison, il s'était battu pour reprendre le flambeau et devenir le Kamaras que son grand-père rêvait qu'il soit.

Cet objectif lui avait toujours paru ressembler à un combat, un combat qu'il perdait, encore et encore. Or il n'aimait pas perdre.

Il avait réussi à reprendre l'entreprise familiale, il avait réussi à gérer les dépenses et les excès de ses parents, et ceux d'Alex aussi. Malheureusement, il n'était pas parvenu à sauver son petit frère, alors à quoi bon tous ces efforts ?

À sa grande surprise, le fait de ne pas en parler, de s'asseoir avec Morgan et d'essayer d'interagir comme des étrangers, faisait resurgir des questions qu'il refoulait, d'habitude.

— Nous n'avons pas à nous battre, ce soir.

Elle lui sourit et, décidé à savourer l'instant, il arrêta enfin de réfléchir.

Le dîner qu'elle lui avait préparé était vraiment merveilleux.

— Je ne suis pas sûr que quelqu'un m'ait déjà fait à dîner.

— Tu dis n'importe quoi, des chefs cuisinent pour toi tout le temps.

— C'est différent. Ils sont payés pour cuisiner pour ma famille, ou pour moi, tandis que toi, tu as vraiment décidé de me faire à manger. Pour me faire plaisir.

Elle baissa la tête et il vit le rouge lui monter aux joues. Aussitôt, son désir se réveilla. Non, un sentiment bien plus fort que le désir, un sentiment qu'il ne parvenait pas à nommer mais qui lui rappelait l'époque heureuse de son enfance.

Un souvenir remonta soudain à sa mémoire.

Un jour, ils étaient allés visiter un aquarium et, pendant de longues minutes, il était resté le nez collé sur la vitre à admirer les poissons colorés évoluant de l'autre côté. Sur le coup, il avait eu envie de traverser cette vitre et de découvrir ce monde mystérieux qu'il ne pouvait toucher. Ce soir, il ressentait le même sentiment. Ce soir, il avait l'impression d'être un petit garçon regardant fixement quelque chose de brillant mais d'inatteignable.

Morgan était en face de lui et pourtant, il avait l'impression qu'elle vivait dans un autre monde, séparée du sien par une épaisse plaque de verre.

D'habitude, il détestait ce qu'il ne pouvait pas comprendre, ce qu'il ne pouvait pas contrôler. Or Morgan possédait quelque chose qu'il ne pouvait pas comprendre, qu'il ne pouvait pas toucher.

— J'avais envie de cuisiner pour toi, reprit-elle. Je voulais te faire un cadeau.

— Pourquoi ? Je ne t'ai rien offert.

— Tu m'as offert des enfants, répondit-elle avant de lui adresser un sourire en coin. Désolée, j'ai oublié de faire comme si nous venions de nous rencontrer.

— Ce n'est pas grave, j'ai assez joué. J'aimerais plutôt comprendre pourquoi tu fais tous ces efforts pour moi, pourquoi tu te soucies à ce point de moi.

— C'est simple, je ne peux pas m'en empêcher, Constantine. Sinon, je n'aurais sans doute jamais couché avec toi.

— Tu étais en colère contre Alex.

— Oui, j'étais en colère contre Alex, mais j'étais vierge. Tu crois vraiment que j'aurais couché avec toi uniquement pour me venger de ton frère ? Non. Je l'ai fait parce que je te désirais et parce que je voulais quelque chose qui soit à moi. Je l'ai fait parce que je voulais me faire plaisir après une vie passée à me contrôler. Tu étais un cadeau pour moi, tu étais… Tu étais de la crème glacée, tu étais mon péché mignon. Finalement, nous ne sommes pas si différents l'un de l'autre.

— Morgan…

— Dans quelques mois, nous allons avoir des enfants. Rien dans notre relation n'est normal, ou ne s'est déroulé dans le bon sens. Malheureusement, je ne sais pas comment revenir en arrière et me conduire comme tout le monde. En fait, peut-être que nous ne serons jamais comme tout le monde. Peut-être qu'une serveuse ne pourra jamais finir avec un milliardaire…

Elle s'interrompit net et secoua la tête.

— Excuse-moi, ce ne sont sans doute pas les bons mots.

— Quels mots ?

— Finir avec. Ils évoquent un peu trop les contes de fées.

— Peu importe, tu es à moi et il n'est pas question qu'il y ait d'autres personnes dans cette union.

— Je ne veux personne d'autre moi non plus. Tu es le seul homme que j'aie jamais désiré.

— Tu étais pourtant prête à coucher avec Alex.

— Je l'aimais bien et je pensais que le moment était venu. Mais quand je me suis retrouvée devant toi, je n'ai pas eu besoin de réfléchir. Mon désir était plus fort que tout.

Ce n'était pas uniquement du désir qu'il ressentait quand il la regardait. Même s'il n'avait jamais éprouvé un désir aussi intense, auparavant, il savait ce que c'était que de désirer une femme.

Vraiment ? Peux-tu te rappeler désirer une autre femme que Morgan ?

Non. Impossible. Dès qu'il l'avait vue, il avait été consumé par son désir pour elle, à tel point qu'il n'avait plus touché aucune autre femme.

— Je n'ai été avec aucune autre femme à partir du moment où nous nous sommes rencontrés, lui avoua-t-il.

Il n'avait pas eu l'intention de le lui révéler mais, pour une raison qu'il ignorait, il n'avait pu résister à la tentation de l'honnêteté.

— C'est vrai ?

— C'est vrai. Je n'ai plus désiré aucune autre femme à partir du moment où mon frère t'a ramenée à la maison. Je n'avais pas le choix, tu me hantais. Tu hantais tous mes rêves.

— Malgré cela, tu voulais un mariage blanc ?

— Je ne voyais pas quelle pouvait être l'alternative.

— Tu ne voulais pas que je porte ses enfants parce que tu les voulais.

— Je…

— Qui se soucie de ce qu'on devrait faire ou de ce qu'on ne devrait pas faire ? Nous n'avons jamais suivi cette ligne de conduite.

Elle avait raison. Ils étaient différents.

Et les bébés étaient les siens, pas ceux d'Alex.

Les enfants étaient à lui, Morgan était à lui également. Et elle l'avait désiré avant Alex.

À cette idée, le monstre du désir se mit à rugir en lui.

Il la désirait, dans son lit, ce soir. Maintenant. Il ne pouvait plus attendre.

— J'espère que tu n'as pas prévu de dessert.

— Pourquoi ?

— Parce que ma patience a atteint ses limites.

Sans attendre, il fit le tour de la table et l'attira à lui avant de s'emparer de sa bouche.

Il l'embrassa comme s'il était en train de mourir, comme si elle était une source et lui un homme assoiffé au milieu du désert.

Il l'embrassa parce qu'il ne pouvait rien faire d'autre. Elle l'avait envoûtée.

— Tu es à moi, murmura-t-il entre deux baisers.

Des idées osées plein la tête, il la prit dans ses bras et l'emmena dans sa chambre. Quel idiot il avait été de penser qu'elle pourrait avoir sa propre chambre et ne pas partager la sienne. C'était impossible, elle était à lui.

Son désir ce soir était encore plus puissant que celui qu'il avait ressenti sur le pont du yacht, quand elle lui avait avoué qu'elle n'avait jamais couché avec un autre homme. Sur le coup, il avait été consumé par le besoin primaire de la faire sienne, de prouver qu'elle n'appartenait à aucun autre homme, même pas à Alex.

Arrivé dans sa chambre, il l'allongea sur les draps blancs, ses cheveux roux formant un halo autour de son beau visage.

Elle était magnifique. Jamais il n'avait vu une femme plus belle, plus séduisante.

— S'il te plaît, chuchota-t-elle.

Elle le suppliait ? Elle lui avait préparé à dîner et maintenant, elle le suppliait de lui faire l'amour ? Comment résister à une telle tentation ? C'était impossible.

Il ne manquait pas de prétendantes. De nombreuses femmes le courtisaient en raison de son nom ou de son statut. Il était le genre d'hommes que les femmes désiraient. Il ne se vantait pas, c'était juste la vérité. Cela faisait tout simplement partie de sa vie, au même titre que l'argent et le pouvoir. Mais que Morgan le désire et qu'elle le supplie de la toucher, le troublait, le déstabilisait.

Pourquoi ? Comme elle l'avait dit elle-même, elle était une simple serveuse et lui un milliardaire. Pourtant, à cet instant précis, il avait l'impression que c'était elle qui détenait le pouvoir.

Il se déshabilla, s'allongea à côté d'elle et, ensorcelé, passa une main sur ses courbes exquises. Puis lentement, très lentement, il descendit la bretelle de sa robe dévoilant un sein pâle, puis l'autre. Il les caressa, laissa ses pouces s'attarder sur leurs pointes dressées et la regarda haleter de plaisir.

Il souleva ensuite sa robe jusqu'à révéler son ventre rond. La gorge serrée, il le fixa. Morgan portait ses enfants, sa chair et son sang. Des jumeaux, un garçon et une fille, comme Athena et lui.

Ému, il posa ses mains sur la peau tendue de son ventre.

— Je vous protégerai, murmura-t-il. Je ne laisserai rien vous arriver. Jamais.

Il en faisait ce soir le serment, à Morgan, et à ses enfants.

— Tu ne peux pas assumer une telle responsabilité tout seul, Constantine !

— Bien sûr que si.

— Tu ne contrôles pas tout.

Il grogna puis se déplaça au-dessus de son corps avant

d'attraper ses poignets, de les capturer dans une main, et de les coincer au-dessus de sa tête.

— Je te protégerai parce que tu es à moi. Tu es ma femme, la mère de mes enfants.

— Et tu le diras au monde entier ?

— Oui, répondit-il sans la moindre hésitation. Je ne laisserai personne penser que tu as appartenu à un autre que moi.

— Constantine…

Dans sa bouche, son nom lui fit soudain l'effet d'un coup de baguette magique et enflamma son âme. Tout à coup, il se sentait plus vivant qu'il n'avait jamais été.

Depuis toujours, il était puissant mais grâce à elle, il devenait essentiel. Comme envoûté, il captura sa bouche et, à défaut de mots, déversa l'intensité de son désir dans un baiser.

À moi.

Elle était à lui.

Il embrassa son cou, jusqu'au doux gonflement de ses seins. Il prit une pointe dans sa bouche et la suça jusqu'à ce qu'elle gémisse de désir.

Elle était la perfection incarnée, la plus délectable des friandises qu'il ait jamais goûtées, et il était subjugué. Il devait l'avoir. Il le devait, il n'avait pas le choix.

Incapable d'attendre plus longtemps, il la pénétra, se délectant de la chaleur humide de son corps de déesse qui mettait son propre corps à l'épreuve.

— À moi, répéta-t-il. Tu es à moi.

Il la posséda, encore et encore, jusqu'à perdre la tête, jusqu'à ce qu'ils basculent, de concert, dans un autre monde.

11.

Le lendemain, Morgan se réveilla repue. Après avoir fait l'amour avec Constantine toute la nuit, son corps était rassasié, et son esprit, sur un petit nuage. Pour la première fois, elle était restée dans son lit et ils s'étaient endormis dans les bras l'un de l'autre.

Un sourire rêveur aux lèvres, elle regarda autour d'elle. Constantine n'était pas là. L'inquiétude la gagna. Avait-elle imaginé le lien qu'elle avait perçu pendant la nuit ? S'était-elle fait des illusions ?

Elle repensa à cette révélation qui avait surgi en elle, un peu plus tôt. Elle voulait que Constantine éprouve des sentiments pour elle, voilà ce qu'elle désirait. Après avoir discuté avec sa mère, elle n'avait plus peur de ses sentiments, elle craignait juste d'être blessée.

Pouvait-elle obtenir ce qu'elle désirait ? Elle l'ignorait.

La nuit dernière avait été fabuleuse. Elle avait adoré leur conversation. Pendant le dîner, Constantine lui avait semblé plus jeune, plus humain. Malheureusement, tout à coup, comme si quelqu'un avait appuyé sur un interrupteur, il était devenu plus sombre et, malgré ses questions, il n'avait pas évoqué ses tourments.

Elle sortit du lit et se rendit compte qu'elle n'avait pas de vêtements. Heureusement, ils étaient seuls, elle n'avait aucune raison de s'inquiéter. Toute nue, elle se dirigea alors vers sa chambre et, dans le couloir, croisa Constantine.

Il la dévisagea, son regard noir et impénétrable.

— Tu es réveillée.

— Oui, répondit-elle en sentant la chaleur monter en elle.

— J'aime te voir comme ça. Si tu n'as pas froid, peut-être devrais-tu rester nue toute la journée. Juste pour moi.

— Tu es bien possessif !

Pour moi… Il avait prononcé ces mots, à plusieurs reprises pendant la nuit.

— Je l'admets, je suis possessif.

— Pourquoi ?

— Parce que tu portes mes enfants, *agapi*.

Elle en savait assez pour savoir que ce mot signifiait amour, en grec. Hélas, elle n'était pas son amour.

Non, il n'était pas question d'amour entre eux. Ce qui s'était passé entre eux, la nuit dernière, n'avait pas été doux mais au contraire intense. Par contre, un peu plus tôt, lorsqu'ils avaient parlé de crème glacée, elle avait eu un aperçu de son intimité. Lorsque cet homme insondable lui avait parlé de sa sœur, de sa profonde douleur, elle n'avait pas eu l'impression de se sentir plus proche de lui. Mais quand il lui avait parlé des bons moments de son enfance, alors là, elle avait senti une connexion avec lui.

Elle se força à revenir au présent.

— Si je reste nue, je ne suis pas sûre que tu sois très efficace.

— Pourquoi aurais-je besoin d'être efficace ?

Elle éclata de rire.

— Tu étais très occupé hier.

— Hier, oui. Mais pas aujourd'hui.

Ils passèrent alors la journée à la plage.

Après avoir surmonté sa timidité, et sa crainte d'attraper un coup de soleil, crainte qu'il résolut en lui appliquant de la lotion sur tout le corps, elle apprécia la sensation d'être nue sous le soleil. De son côté, Constantine était tellement à l'aise qu'il semblait faire partie du paysage. Après réflexion, peut-être était-il la réincarnation d'un dieu de la Mer, un dieu aux muscles parfaitement ciselés.

Ils passèrent la journée à discuter, à manger des fruits, à

faire l'amour dans le sable, à nager dans les vagues, et elle en profita pour interroger son cœur.

Elle aimait Constantine et, plus les heures passaient, plus elle découvrait que l'amour était source de joie et que cette joie avait le pouvoir de chasser l'amertume dont elle avait eu si peur quelques jours plus tôt.

Elle aimait Constantine.

Malheureusement, elle savait qu'aimer quelqu'un qui n'était pas prêt à vous aimer en retour pouvait être source de douleur. Si elle ne faisait pas attention, elle risquait de devenir aussi aigrie que sa mère.

Elle voulait à tout prix éviter d'aimer sans être aimée en retour. Elle avait enfin compris ce qui avait rendu sa mère malheureuse et était prête à tout pour ne pas reproduire les mêmes erreurs.

Inquiète, elle jeta un coup d'œil discret vers Constantine. Si jamais il ne voulait pas… Ou s'il ne pouvait pas… S'il ne l'aimait pas de la façon dont elle, elle l'aimait, quelles seraient les conséquences sur leur relation ? Sur leurs enfants ?

Elle était au courant de sa profonde blessure. Elle connaissait sa douleur la plus noire mais elle n'était pas sûre qu'il comprenne, lui, à quel point celle-ci l'affectait.

De son côté, elle commençait tout juste à comprendre tous les obstacles auxquels sa mère avait dû faire face.

Sa mère avait commis des erreurs qu'elle ne voulait pas répéter avec ses propres enfants. Ce qu'elle craignait le plus était de devenir amère à cause du manque d'amour.

La solution était-elle d'accepter d'être vulnérable ? Cette perspective lui faisait peur, forcément, surtout face à un homme qui n'était pas vulnérable. Elle n'avait pas envie d'être faible toute seule. Malheureusement, peut-être devrait-elle l'être. Par contre, elle ne pourrait pas garder son cœur fermé. Elle n'avait d'autre choix que de l'ouvrir à ses enfants.

Rassemblant son courage, elle leva les yeux.

Constantine était allongé sur la plage, le soleil faisant briller sa peau parfaite. Sans l'attendre, elle s'avança dans l'eau et laissa les vagues balayer sa peau nue. Pour la première fois, elle se sentait réellement libre, libérée de toutes ses chaînes. Elle n'avait plus besoin de lutter.

Elle avait ressenti une certaine culpabilité à l'idée de pouvoir être une meilleure mère simplement parce qu'elle en aurait les moyens. Après réflexion, cependant, elle avait compris qu'elle serait une meilleure mère non à cause de l'argent mais parce qu'elle le déciderait, parce qu'elle choisirait la joie, parce qu'elle choisirait la vulnérabilité, même si elle avait peur, parce qu'elle choisirait l'amour.

À cette idée, comme par magie, quelque chose s'alluma en elle, comme un phare dont la lumière serait si puissante qu'elle ne pouvait pas la contenir. Elle allait être mère. Elle allait donner naissance à des jumeaux.

Elle était mariée au père de ses enfants, un homme étonnant, merveilleux, qui avait traversé de grandes souffrances mais qui, elle le savait, avait la capacité d'aimer. Elle n'avait plus aucune raison d'hésiter. Elle avait le droit de ressentir tous ces sentiments et de s'en délecter. Elle portait les bébés de Constantine, et elle l'aimait. Elle l'aimait de tout son cœur et elle était prête à le lui montrer, à le lui prouver, quitte à baisser la garde et à être vulnérable.

Oui, peu importait le prix, elle allait lui montrer son amour.

Deux jours plus tard, elle lui demanda à vivre une aventure.

— Ne suis-je pas moi-même une grande aventure ? rétorqua-t-il, moqueur.

Elle sourit. Elle l'aimait quand il était arrogant.

En fait, maintenant qu'elle s'autorisait à utiliser ce mot, elle découvrait qu'elle l'aimait tout le temps.

L'amour la libérait et lui donnait des forces. L'amour lui donnait des ailes.

Cet homme qui avait une telle confiance en lui, et en son pouvoir, la regardait comme si elle était le soleil.

Le fait qu'elle puisse le tenter ainsi était important pour

elle, mais il y avait plus. Il semblait tout aimer d'elle et n'être jamais aussi heureux que lorsqu'elle se promenait nue.

Il acceptait ses critiques et acceptait qu'elle lui mette de la crème solaire, même s'il clamait être insensible au soleil grec.

Il lui donnait la confiance nécessaire pour s'ouvrir à ces sentiments et ces désirs qu'elle gardait auparavant pour elle.

Désormais, elle ressentait une incroyable plénitude. Elle se sentait bien dans sa peau, même avec son gros ventre. Elle était heureuse quand il la touchait, elle était heureuse quand il la goûtait, quand il lui faisait des choses qu'aucun autre homme n'avait jamais faites et qu'elle n'avait jamais voulu qu'un autre homme fasse.

Non seulement elle était avec un homme qui la complétait, mais elle était avec un homme qui lui donnait le courage d'être elle-même.

— Parle-moi de ton entreprise, lui demanda-t-elle tout en préparant des en-cas pour leur promenade.

— Nous n'en avons pas déjà parlé ?

— Pas en détail. Ton métier, c'est…

— L'immobilier. Les hôtels.

— C'est un domaine qui m'intéresse. J'ai un diplôme en hôtellerie.

— Je possède plusieurs établissements très haut de gamme.

— J'aimerais beaucoup les visiter.

— Pas de problème.

— Si jamais j'avais des idées pour ces hôtels…

— N'hésite pas à m'en parler.

— Vraiment ?

— Bien sûr. J'aime parler avec toi, Morgan, et j'aime tes idées. Je les apprécierai également si elles concernent mes hôtels.

— Tu n'aurais pas l'impression que j'envahis ton espace ?

Une expression étrange se peignit sur son visage.

— Personne dans ma famille, à part mon grand-père, n'a jamais manifesté le moindre intérêt pour la façon dont nous gagnons de l'argent. J'ai toujours été seul, alors le fait que tu t'y intéresses, et sois prête à m'aider, me fait plaisir.

Ces mots lui réchauffèrent le cœur. Finalement, peut-être allait-elle trouver un moyen d'utiliser tout ce qu'elle avait appris lors de ses études, et d'être utile.

Ils s'engagèrent dans un sentier bordé de plantes luxuriantes et elle sourit. Elle avait l'impression de partir en randonnée dans la jungle.

— La nature est si sauvage ici, que j'ai presque peur qu'un tigre surgisse tout à coup et bondisse sur moi.

— Le seul prédateur ici, c'est moi !

— Tu ne me fais pas peur.

Il ne répondit pas mais une ombre passa sur son visage.

— C'est une bonne chose que nous n'ayons pas fait la randonnée nus, reprit-elle en repoussant une branche. La végétation est dense.

— En effet. Cela pourrait causer quelques désagréments.

Pour être honnête, être nu sur le sable pouvait également causer quelques désagréments mais ils avaient tous deux pris le risque. L'appel du plaisir était plus fort que tout.

Le sentier s'enfonça dans les arbres, jusqu'à ce qu'ils soient si épais que le soleil n'y pénètre plus que par petites touches, renforçant la sensation de jungle. Le chant des oiseaux résonnait sous la canopée. Les fleurs éclatantes évoquaient une éruption de couleurs, rose, jaune, rouge… Et tout à coup, elle entendit des bruissements d'eau.

— Où va-t-on ?

— Tu verras.

Lorsque les arbres se firent moins nombreux, elle aperçut enfin une cascade et un bassin au milieu des rochers escarpés. L'eau était aussi claire que du cristal, elle pouvait même deviner des petits poissons en train de nager.

— C'est le genre de trésor que l'argent ne peut pas acheter.

— Si je peux me permettre, ton argent t'a permis d'acheter l'île.

— C'est vrai, mais je ne suis pas responsable de la nature.

Cette cascade a été créée par la main de Dieu, pas par la mienne, et je n'ai aucun contrôle dessus.

— Tu n'aimes pas t'en remettre à la main de Dieu, n'est-ce pas ?

— La main de Dieu m'a trahi, dans le passé.

— Mais ici, tu te sens en sécurité.

— Ce n'est pas pour moi que j'ai peur.

Avec tendresse, elle posa sa main sur son visage.

— Je sais.

Ils demeurèrent un long moment immobiles, à admirer le spectacle de la nature et elle devina que le moment était venu. Elle attrapa alors l'ourlet de sa robe et la fit passer au-dessus de sa tête. Elle ne portait pas de sous-vêtements en dessous.

Sous son regard brûlant, elle retira ensuite ses chaussures et se glissa, comme une nymphe, dans l'eau.

— La température est parfaite, lui cria-t-elle en nageant sur le dos. Viens !

Il se déshabilla rapidement avant de plonger. Comme d'habitude, ses mouvements étant nets et précis.

Quand il refit surface, il la fixa de ses yeux sombres et intenses, de ses yeux de prédateur. Cela ne la dérangeait pas, elle n'avait pas peur. Au contraire, son regard lui donnait confiance.

Elle continua à nager pendant un moment, évitant le courant fort à la base de la cascade, et s'approcha d'une grotte.

— Qu'est-ce que c'est ?

— Cette grotte s'appelle l'Anse du mort, lui répondit-il en la rejoignant. La légende dit qu'un trésor de pirates se cache ici. Personnellement, je pense que le trésor, c'est la nature.

— Je suis d'accord.

Au bout de quelques minutes, elle sortit de l'eau, heureuse de retrouver la fermeté des rochers, et s'assit. Constantine la rejoignit quelques minutes plus tard, son corps nu glorieux, sa virilité tendue. Il s'approcha et, magiquement, elle oublia toute retenue, toute timidité.

— Je crois que j'ai trouvé un trésor.

Sans attendre sa réponse, elle se pencha vers lui et le prit dans sa bouche. Pour toute réaction, il poussa un cri mais elle ne recula pas. Elle ne s'arrêta pas.

Son cœur tapant à toute allure dans sa poitrine, elle lui donna du plaisir, comme il l'avait fait pour elle tant de fois. Elle n'était pas la plus expérimentée des maîtresses, mais elle apprenait. Avec lui, elle devenait une autre femme, chaque jour plus audacieuse, le genre de femmes qui n'hésitait pas à prendre un homme dans sa bouche, au milieu d'une nature luxuriante.

Elle agissait ainsi parce qu'elle en avait envie, mais aussi et surtout parce qu'elle l'aimait.

Elle continua à lui donner du plaisir, avec ses mains, ses lèvres et sa langue, jusqu'à ce qu'il se mette à trembler de tout son long.

— Morgan… Attends.

Elle n'attendit pas. Pour la première fois, elle ne lui obéit pas. Au contraire, elle continua jusqu'à ce qu'il explose en elle, s'abreuvant de son plaisir jusqu'à la dernière goutte. Elle avait besoin de cet abandon, elle était sur le point de devenir plus vulnérable qu'elle ne l'avait jamais été.

Rassemblant son courage, elle leva les yeux vers lui et plongea dans ses prunelles sombres.

— Je t'aime.

12.

Constantine n'arrivait pas à reprendre son souffle. Sa tête tournait, il avait le vertige. Comme une méchante fée, Morgan l'avait fait prisonnier au milieu de nulle part.

C'est toi qui l'as emmenée ici.

Peut-être, mais il pouvait à peine s'en souvenir maintenant. De toute façon, cela n'avait plus d'importance, son monde était sens dessus dessous. Elle l'avait bouleversé.

Morgan lui avait dit qu'elle l'aimait.

Il ne comprenait pas.

Elle l'aimait… Mais… Comment était-ce possible ?

La nervosité le gagna et son cœur se mit à battre à tout rompre dans sa poitrine. Malheureusement, son rythme cardiaque affolé n'était pas une conséquence de son orgasme.

Il n'avait jamais voulu que leur étreinte se termine de cette façon. Il imaginait se retirer avant de s'enfouir dans son corps chaud et accueillant, mais elle l'avait gardé dans sa bouche.

Il avait l'impression qu'en agissant ainsi, elle avait gagné une victoire, qu'elle lui avait volé quelque chose pour lequel il s'était battu toute sa vie.

Le contrôle.

— Je t'aime, répéta-t-elle.

— Ce n'est pas nécessaire.

— Je me fiche de savoir si c'est nécessaire, rétorqua-t-elle avant de lever les yeux vers lui et de le foudroyer du regard. Ou plutôt, cela m'est égal si tu penses que ce n'est pas nécessaire. Je t'aime, un point c'est tout. J'ai réfléchi…

J'ai tellement réfléchi que j'en ai eu mal à la tête. J'ai essayé de comprendre ce que je devais faire pour ne pas devenir le même genre de mères que la mienne, et puis je lui ai parlé. J'ai réfléchi davantage et j'ai commencé à éprouver de l'empathie pour elle. C'est quand j'ai arrêté de penser et commencé à écouter mes sentiments que j'ai trouvé les réponses à toutes mes questions. Si ma mère me semblait aigrie, c'est parce qu'elle s'était endurcie, parce qu'elle avait laissé ses blessures passées la guider et mettre des limites à son bonheur. Je ne veux pas commettre les mêmes erreurs donc je m'offre à toi, sans filtre, je t'offre tout mon amour. En acceptant mes sentiments, je suis persuadée que je serai une meilleure mère, une meilleure épouse et surtout une meilleure personne.

— Je ne peux pas.

— Je sais que tu penses que tu n'es pas capable d'aimer mais je n'attends pas de réponse de ta part dès aujourd'hui. Je n'ai pas prononcé ces mots pour toi mais plutôt pour moi.

— Morgan…

Elle ne répondit pas. Elle retourna nager dans la cascade, le laissant là, perdu, plus perdu encore que lorsqu'il avait été kidnappé.

Il resta assis toute la nuit à repenser à ses mots. Elle l'aimait… Sa déclaration l'avait bouleversé.

Peu à peu, il reprit cependant ses esprits et la décision s'imposa à lui.

En fait, il n'avait pas besoin d'être ici avec elle. Il avait plutôt besoin de mettre sa vie en ordre. Il devait faire face à ses parents et retourner à ce qu'il faisait de mieux, diriger la société familiale. Ici, en vacances, il avait fini par oublier qui il était. Il s'était laissé entraîner dans un conte de fées.

Il l'avait reconnu quelques jours plus tôt mais, jusqu'à ce qu'elle lui fasse sa déclaration, il n'avait pas réalisé à quel point cet isolement les avait affectés.

Morgan pouvait s'autoriser à avoir des sentiments, lui ne pouvait pas se le permettre.

Lorsqu'il lui avait promis que rien ne lui arriverait, il n'avait pas prononcé ces mots à la légère. Il était sérieux, il était décidé à la protéger.

Il n'avait d'autre choix que de la quitter. De son côté, elle resterait ici, en sécurité. Il enverrait son personnel et son médecin s'occuper d'elle. Il ne savait pas prendre soin des gens, il était un homme d'affaires.

Sa décision prise, il jeta un dernier coup d'œil à la maison avant de mettre son sac sur son épaule et de prendre la direction du port, et de son yacht.

13.

Depuis son aveu, sa vie avait changé du tout au tout. Constantine se donnait beaucoup de mal pour l'éviter alors qu'auparavant, il ne cessait de répéter qu'elle lui appartenait.

Aujourd'hui, il n'agissait plus comme si elle était à lui. Il se comportait plutôt comme si elle était seule sur l'île.

Elle lui avait affirmé qu'elle n'attendait rien de sa part, mais c'était un mensonge. Elle voulait qu'il l'aime. Était-ce trop demander ?

Peut-être devait-elle simplement être patiente. Le problème, c'était qu'elle rêvait qu'il lui rende son amour. Elle s'était sentie si seule, pendant toute sa vie. Aujourd'hui, elle savait enfin que sa mère l'aimait. Malheureusement, elle l'ignorait, lorsqu'elle était enfant. Voilà pourquoi elle s'était si souvent sentie seule, abandonnée.

Elle était en train de ruminer dans sa chambre, contrariée par le fait que Constantine l'avait évitée durant la majeure partie de la journée, quand elle entendit soudain frapper à la porte.

Sans doute était-ce lui. Qui d'autre cela pouvait-il être ?

Elle ouvrit et, à sa grande surprise, se retrouva nez à nez avec une femme.

— Bonjour, mademoiselle, commença cette dernière. Je me présente, je suis Cristela. Je fais partie du personnel de maison à Athènes. J'ai été missionnée pour prendre soin de vous.

— Je ne comprends pas.

— M. Kamaras est rentré chez lui.

— Ce n'est pas possible.

— Il vous a laissé un téléphone dans son bureau.

Elle ne répondit pas, elle courut plutôt jusqu'au bureau. Là, elle trouva le téléphone ainsi que son numéro, sur un papier.

En colère, elle le composa sans attendre.

— Constantine ! Que se passe-t-il ? Je ne comprends pas.

— Reste sur l'île, tu es en sécurité là-bas. Je… Il était temps pour moi de retourner au travail.

— Tu me retiens prisonnière sur l'île ?

— Pas du tout, je m'assure juste que tu es en sécurité. L'île est le seul endroit sur terre où je peux garantir que rien ne t'arrivera. Si la nouvelle de notre relation se répand…

— C'est un mensonge ! Jusqu'à ce que je te dise que je t'aime, tu étais parfaitement heureux, ici, avec moi. Tu n'es pas parti, tu m'as quittée et nous savons tous les deux que tu as agi ainsi à cause de…

— Es-tu en train de me traiter de lâche ?

— Oui, tu es lâche. Comment oses-tu me laisser ici, toute seule ?

— Tu n'es pas seule. Quelqu'un s'occupera de toi et tu disposeras de tout le nécessaire. Tu n'as donc aucune raison d'être en colère.

— Au contraire. Tu m'as abandonnée !

— Tu es sur une île privée, dans une belle maison, avec du personnel, dont un médecin. Tu as tout ce que tu peux désirer.

— Tout, sauf l'homme que j'aime. Tu savais forcément que ton départ me blesserait.

— En partant, je n'ai pas cherché à te faire du mal mais au contraire à te protéger.

— Me protéger de quoi ? De toi-même ? Est-ce à cause de ta sœur ? Je peux comprendre que tu sois en colère contre tes parents qui ne vous ont pas surveillés, ou en colère contre ton grand-père, mais tu n'as aucune raison de t'en vouloir, tu n'as rien fait de mal. Tu n'étais qu'un petit garçon !

— Le monde s'en moque. Le monde ne se soucie pas de

savoir si vous êtes innocent, si vous êtes un enfant... Cela n'a pas d'importance. Le monde est cruel et personne ne vous demande si vous êtes prêt à y faire face. Il en sera de même pour nos enfants. Alors je vous protégerai, tous. Je n'échouerai plus jamais.

— Tu ne contrôlais pas ces gens. Ils t'ont kidnappé, ils...

— Assez ! Je ne veux plus en parler. Tu agis comme si tu avais été abandonnée, or ce n'est pas le cas. Je prends juste soin de toi de la meilleure façon possible. C'est mon travail, ma mission, et je la prends très au sérieux.

— As-tu à ce point peur d'être aimé ? Ou as-tu juste peur d'aimer à nouveau ?

— La discussion a assez duré. Tu resteras sur l'île jusqu'à la naissance des enfants.

— Seras-tu au moins présent pour l'accouchement ?

— Ce n'est pas nécessaire, je ne suis pas médecin.

— Et si c'était nécessaire pour moi ?

— Nous en reparlerons une autre fois. J'aurais peut-être dû te faire part de mes projets avant de partir, je l'admets. Je voulais juste éviter tout désagrément.

— Par désagrément, tu fais référence à mes sentiments ?

— Les sentiments sont inutiles. Ce qui est nécessaire, c'est d'être protégé.

Il raccrocha et son cœur se mit aussitôt à saigner. Il l'avait broyé, réduit en miettes. Jamais elle n'avait prévu une telle réaction de la part de Constantine. Elle s'était préparée à l'aimer sans être sûre qu'il l'aimerait en retour, elle s'était préparée à l'aimer en dépit du fait qu'il ne l'aimerait peut-être jamais, mais jamais elle n'avait imaginé qu'il l'abandonnerait. Jamais.

Elle traversa le hall et croisa un membre du personnel, puis un autre. Cette maison qui avait été leur sanctuaire était désormais envahie d'étrangers.

À cette idée, les larmes lui montèrent aux yeux

Bouleversée, elle courut jusqu'à la chambre qui avait été la leur et s'effondra sur le lit. Les draps avaient été changés. Elle ne reconnaissait même plus son odeur.

Les larmes se mirent à rouler sur ses joues.

Comment allait-elle surmonter son rejet ? Comment pourrait-elle jamais être heureuse ?

Il faudrait pourtant qu'elle le soit, pour le bien de ses enfants. Elle ne laisserait jamais l'attitude de Constantine la rendre amère, elle s'en faisait la promesse.

— Où est ta femme ?

— En sécurité, répondit Constantine en entrant dans le salon où ses parents étaient installés.

Sa mère allait être bouleversée, peut-être même dévastée, mais il n'avait pas le choix. Il devait lui avouer la vérité.

— Je suis ici parce que je dois te dire quelque chose. Les enfants de Morgan ne sont pas ceux d'Alex. Ce sont les miens.

Cette vérité devait être dite. Hors de question pour lui de vivre dans le mensonge.

Ces enfants étaient les siens et il avait besoin que sa mère le sache parce qu'il voulait que ses enfants comptent pour elle.

— Constantine ! lança son père sur un ton autoritaire qui le fit esquisser un sourire désabusé.

Le vieil homme n'avait jamais fait preuve de la moindre autorité, au cours de sa vie. Jusqu'à aujourd'hui.

— Qu'as-tu dit ? s'exclama sa mère.

— Morgan et moi avons eu une liaison, avant la mort d'Alex. Les enfants ne sont pas les siens, ce sont les miens.

— Comment peux-tu en être sûr ?

— Elle était vierge avant que nous couchions ensemble.

— Cela n'a aucun sens.

— C'est pourtant la vérité.

— Comment oses-tu ? Comment oses-tu me prendre…

Voilà, le moment était venu. Il allait enfin entendre ces mots que ses parents pensaient depuis si longtemps.

— Tu nous as pris Athena, reprit sa mère, visiblement bouleversée. Tu l'as prise et maintenant, Alex est parti et…

— Tu aurais préféré que ce soit moi qui sois mort, n'est-ce pas ? Je l'ai toujours su.

Sous le choc, sa mère écarquilla les yeux.

— Je n'ai jamais dit cela !

— C'est pourtant ce que tu ressens.

— Bien sûr que non ! Je n'ai jamais souhaité la mort d'aucun de mes enfants. Si seulement je pouvais retourner en arrière pour faire en sorte que… Que vous alliez tous bien.

— Ce n'est pas ce que tu allais dire.

— En effet. Ce que j'allais dire était injuste et je ne le pensais même pas. Pour continuer à avancer, j'ai besoin d'être en colère contre quelqu'un et si tu avais été dans cette tombe, c'est contre Alex que je serais en colère, c'est contre lui que je crierais. C'est la seule défense qu'il me reste contre mon chagrin.

— Les enfants d'Alex t'auraient consolée.

— Ils n'auraient jamais fait revenir Alex mais cela ne sert à rien d'y penser puisque c'est toi qui vas devenir père…

— En effet, répondit-il la mâchoire serrée.

Il s'attendait à entendre des reproches de la part de ses parents mais les mots n'étaient pas venus. Il s'imaginait entendre qu'il était une disgrâce et sa mère avait failli prononcer ces mots. Elle s'était toutefois retenue. Si ses parents avaient mis la faute sur lui, il aurait eu une excuse pour son comportement. Les reproches étaient bien plus faciles à contrôler que la peur, la perte ou la culpabilité.

Se sentir coupable était facile. C'était tous les autres sentiments qu'il ne savait pas comment gérer, qu'il ne voulait pas gérer.

— Ce sont tes enfants, reprit sa mère et tu les aimeras quoi qu'il arrive, même si tu n'en as pas envie, même si cela te semble dangereux. Et je les aimerai aussi.

— Maman…

— Tu les aimeras, Constantine.

— Je n'ai rien prémédité. Je n'ai jamais eu l'intention de mettre sa petite amie enceinte. Je n'ai jamais…

— Où est-elle ?

— Sur l'île, en sécurité.

— Tu la retiens prisonnière ?

Elle utilisait le même mot que Morgan.

— Pas du tout. Je la garde simplement en sécurité. Vous ne le comprenez pas parce que vous ne vous êtes jamais occupés des affaires de la famille. Autrefois, vous ne vous occupiez pas non plus de vos enfants. Vous ne nous avez pas surveillés, ce jour-là, sur la plage.

À ces mots, sa mère demeura bouche bée puis recula, comme s'il l'avait frappée.

— Grand-père m'a expliqué qu'il était de mon devoir de devenir l'homme de la famille et de faire en sorte que la famille reste unie. Je lui ai obéi et je continue. Je ne peux pas me permettre d'être distrait par quoi que ce soit.

Sa mère le fixa un long moment avant de reprendre.

— Protèges-tu vraiment Morgan ou alors est-ce toi-même que tu protèges ?

— Assez ! J'avais besoin de te dire la vérité, je l'ai fait. Morgan est ma femme, les enfants qu'elle porte sont les miens. C'est dit et je n'ai rien à ajouter.

— Ton grand-père était un homme dur, intervint soudain son père. Je le sais, il m'a élevé. Il a été brisé par la disparition d'Athena. Il t'aimait beaucoup, mais il était inquiet. Il avait peur que ton expérience te traumatise. Je lui en ai beaucoup voulu quand je l'ai entendu t'ordonner de devenir un homme alors que tu n'étais qu'un petit garçon.

— Je n'avais pas le choix, je devais me comporter comme l'adulte de la famille puisque tu agissais comme un enfant.

Son père soupira.

— Je n'ai jamais été l'homme que mon père aurait voulu, c'est vrai. Je t'admire, toi et ton éthique de travail, mais pour être heureux, tu dois trouver un équilibre. Es-tu vraiment obligé de tout gérer ?

Oui.

— La vie est ainsi faite, je n'ai pas le choix.

— Vas-tu aller retrouver Morgan ?

— Non, le travail passe avant tout.

Il monta dans sa voiture, démarra et la panique le saisit aussitôt, un sentiment d'angoisse qu'il n'avait pas ressenti depuis son enfance.

Il comprenait enfin ce qui se cachait dans son sentiment de culpabilité. La peur.

Un instant, il était un enfant insouciant qui mangeait de la glace. L'instant suivant, il était retenu prisonnier. Un jour, il regardait des dessins animés avec sa sœur, le suivant, elle avait disparu. Et les geôliers lui avaient dit que c'était sa faute.

Ta faute.

La route tourna soudain. Le virage était si serré qu'il fit une embardée. Sa voiture partit en tête-à-queue et il se retrouva dans un fossé. Accroché au volant, à l'arrêt, le cœur battant à toute allure dans sa poitrine, tout s'éclaira soudain en lui. Il allait vivre avec cette peur pour le reste de sa vie. Retenir Morgan prisonnière sur l'île ne résoudrait pas le problème.

Elle était suffisamment courageuse pour l'aimer et pour élever leurs enfants. La solution à son problème n'était pas de la garder enfermée à double tour. Au contraire. La seule solution était de la libérer, de la laisser partir.

14.

Cela faisait maintenant trois semaines qu'elle était seule sur l'île. Trois semaines qu'elle était seule quand elle sentait les bébés bouger, quand elle prenait son petit déjeuner, son déjeuner ou son dîner. Trois semaines qu'elle nageait seule dans la piscine et profitait seule de la beauté de la nature. Trois semaines que Constantine lui manquait et qu'elle était en colère contre lui.

Comment avait-il pu oser l'abandonner ?

Malheureusement, il n'était pas là. Elle ne pouvait même pas lui crier dessus, ce qui ne faisait qu'augmenter sa colère.

Elle était en train de prendre son petit déjeuner sur la terrasse lorsqu'elle aperçut soudain un yacht, à quai.

Surprise, elle se frotta les yeux, elle devait être en train de rêver.

Non, elle ne rêvait pas. Le yacht était bel et bien amarré. Quelques minutes plus tard, elle vit enfin Constantine et il lui fallut rassembler toutes ses forces pour ne pas courir vers lui et se jeter dans ses bras.

Il approcha et elle se figea, perplexe, inquiète. Il ne souriait pas, son expression était même sinistre.

— Je suis désolé, lui lança-t-il en guise de salut.

— Tu es désolé ?

— Oui. Je suis venu pour m'excuser et te libérer. Je ne peux pas te retenir prisonnière sur l'île. Je ne peux pas non plus te garder avec moi.

— Pourquoi pas ?

Quelle idiote elle avait été d'avoir gardé espoir !

— Parce que c'est impossible. Rester avec toi, c'est vivre dans la peur, or je n'en suis pas capable. Plus maintenant.

— Être avec moi te fait peur ?

— Oui, car il y a une chose dont je suis certain, c'est que je ne peux protéger personne de la cruauté de ce monde. En t'enfermant sur l'île, je pensais te protéger et puis j'ai réfléchi. Le danger est bien trop important. Je ne pourrai jamais emmener les enfants apprendre à nager, ou à la plage, ou acheter une glace. Ma peur serait trop grande, or je refuse de faire subir mes angoisses à mes enfants.

— Alors, à la place, tu préfères t'enfermer dans ta solitude ?

Il la dévisagea et son regard lui fit l'effet d'un grand coup de poignard en plein cœur.

— Je ne m'enferme pas. Je contrôlais ma vie avant de te rencontrer.

— Tu m'aimes.

— Non.

— Si, tu m'aimes. C'est pour cette raison que tu as peur pour moi et que tu as peur pour nos enfants. Ce que tu ne comprends pas, c'est que la seule solution pour échapper à ta peur, c'est d'accepter tes sentiments.

— Non.

— Pourquoi es-tu convaincu que le destin est forcément négatif ? Pourquoi es-tu à ce point convaincu que le mal se cache en chacun ? L'amour est à portée de main, Constantine !

— Je ne peux pas garantir…

— Je ne t'ai jamais demandé la moindre garantie, je n'en veux pas. C'est toi que je veux ! Pour vivre libres, nous devons vivre dangereusement sinon, nous risquons de devenir aigris comme ma mère et de ne plus être capables de profiter de la vie. Enfant, j'avais désespérément besoin de l'amour de ma mère, or elle ne pouvait pas me le donner à cause de sa peur, parce que mon père l'avait blessée. Et toi… Tu laisses les hommes qui vous ont enlevés, ta sœur et toi, te priver de ton bonheur. Pourquoi leur donnes-tu ce pouvoir ?

Sa gorge se noua en voyant les émotions apparaître dans ses prunelles.

— Tu as le droit d'avoir des sentiments, ce n'est pas un signe de faiblesse. Tu as pleuré parce que ta sœur te manque, parce que tu avais peur pour elle. Tu n'as pas eu tort de pleurer, tu n'as pas eu tort de l'aimer, pas plus que tu n'as tort de m'aimer.

— Ce n'est pas possible…

— Si, insista-t-elle. Je suis désolée, mais tu m'aimes. Tu peux me renvoyer, mais tu m'aimeras toujours. Tu peux garder tes enfants à distance, tu les aimeras quand même. Ton amour sera juste enfermé en toi, comme dans une cage. Et quel genre d'hommage est-ce là ? À ta sœur ? À ton frère ? À toi-même ? Tu es en vie, Constantine. Nous sommes vivants. Rien ne nous empêche de nous aimer.

— J'ai été chargé de garder la famille unie et en sécurité. Mon grand-père m'a dit…

— Peu importe ce qu'il a dit. Il t'aimait sans doute, à sa façon, mais il a eu tort. L'amour ne rend pas les gens parfaits mais nous n'avons pas besoin d'atteindre la perfection pour trouver le bonheur.

Lorsqu'elle se tut enfin, Constantine tomba à genoux devant elle et enroula ses bras autour d'elle.

— Je t'aime, murmura-t-il d'une voix brisée. Je t'aime.

— Je sais. Je t'aime de tout mon cœur moi aussi.

— Malheureusement, l'amour est la porte ouverte au malheur et à la douleur.

— Le malheur existe, qu'on s'en protège ou non. Mais les risques n'empêchent pas d'être heureux, ils n'empêchent pas de vivre dans la joie.

Il lui avait fallu du temps mais elle l'avait enfin compris.

— Je t'aimc, Morgan.

— Je t'aime aussi.

— Viens, allons nous coucher.

— Avec plaisir.

Le téléphone le réveilla au milieu de la nuit mais il était trop heureux de sa soirée passée avec Morgan pour être en colère.

Il décrocha, entendit sa mère au bout du fil, la voix essoufflée, et l'angoisse le saisit.

— Que se passe-t-il ?

— C'est Athena, murmura-t-elle entre deux sanglots. Ils ont retrouvé Athena.

À ces mots, le dernier morceau du mur de défense qu'il avait construit s'effondra et l'émotion qu'il retenait depuis toutes ces années se déversa en lui comme un torrent en furie.

Athena avait été sauvée par un certain Castor Xenakis qui recherchait sa propre sœur depuis des années. En cours de route, l'homme avait apparemment trouvé l'amour avec une femme prénommée Glory et découvert que l'épouse d'un seigneur du crime avait retenu prisonnière plusieurs filles, dont Athena.

Elle ne connaissait pas encore tous les détails de l'opération, mais l'important était qu'Athena était libre, et saine et sauve.

Athena semblait bien plus jeune que Constantine. Ses cheveux bruns étaient brillants et lisses, sa peau dorée comme celle du reste de sa famille, mais un peu plus pâle, comme si elle ne passait pas beaucoup de temps au soleil.

— Tu te souviens de moi ? lui demanda Constantine, ému.

Morgan avala sa salive. L'émotion de son mari la touchait au plus profond de son âme.

— Évidemment, répondit Athena d'une voix timide. Tu te souviens de ce dessin animé avec les poneys…

À ces mots, elle laissa couler ses larmes. Impossible de les retenir, son cœur n'avait jamais été aussi plein de joie.

Elle était tellement heureuse d'avoir ouvert son cœur, d'avoir osé aimer malgré les risques.

Désormais, elle n'avait plus peur d'être une bonne mère. Elle savait qu'elle le serait. Elle ne s'inquiétait plus parce qu'elle était heureuse avec elle-même, heureuse de la femme qu'elle était. En plus, elle venait de gagner une belle-sœur qu'elle était impatiente d'apprendre à connaître.

Constantine et elle se couchèrent cette nuit-là dans sa chambre. La chambre où ils avaient fait l'amour pour la première fois.

— C'est un miracle, lui murmura-t-il dans le creux de l'oreille.

— Tu vois, les miracles se cachent parfois au coin de la rue.

— Parfois, le miracle se trouve même juste devant nos yeux, répondit-il en la regardant droit dans les yeux. Tu étais devant moi, depuis le début, depuis le premier instant où je t'ai vue.

— Je t'aime.

— Je t'aime aussi, de tout mon cœur.

— Tu penses que le retour d'Athena va t'aider à dépasser tes peurs ?

— Tu m'as déjà aidé. L'amour et la peur ne peuvent pas occuper le même espace. En choisissant l'un, j'ai laissé partir l'autre et tout cela, c'est grâce à toi. Athena est juste un cadeau supplémentaire.

— Et quel incroyable cadeau !

— Oui, quel incroyable cadeau…

Il captura sa bouche dans un baiser gourmand avant de reprendre.

— L'amour est un cadeau qui se renouvelle sans cesse et ne cesse jamais de rendre heureux.

Épilogue

Était-ce possible d'exploser de bonheur ? Si oui, elle risquait bel et bien d'éclater. Elle était épuisée par l'accouchement mais elle était aussi euphorique, heureuse comme elle ne l'avait jamais été.

— As-tu déjà choisi des prénoms pour les jumeaux ?

— Si cela ne te dérange pas, j'aimerais les appeler Alexius et Athena.

Athena, la fière tante, avança dans la pièce, rayonnante.

— Cela me ferait plaisir.

— Mais nous ne sommes pas obligés de les appeler ainsi, si tu crains que ces prénoms ne soient maudits, précisa-t-il.

— Je n'ai pas peur. Il y a trop d'amour autour de nous pour que la malédiction continue à exister.

— Sur ce point, ma chère épouse, nous sommes d'accord.

— Peut-être est-ce même le destin qui nous rend heureux.

— Quelqu'un m'a dit un jour qu'il n'était pas nécessaire d'atteindre la perfection pour prétendre au bonheur.

Il lui adressa un large sourire.

— Malgré tout, je crois que nous avons trouvé la perfection.

Elle l'embrassa, tout l'amour de son cœur se déversant sur lui comme une vague. Elle était vulnérable, et lui aussi, mais elle était folle de joie.

— Je crois, mon très cher mari, que tu as raison.

Retrouvez prochainement, dans votre collection

AZUR

L'échappée d'une fiancée, de Caitlin Crews - N°4521

C'est la veille de Noël. Loin d'avoir le cœur en liesse, Timoney est désespérée. Dans quelques heures, elle devra épouser un homme qu'elle n'aime pas. Alors qu'elle songe à Crete Asgard, le seul qui l'ait jamais fait vibrer, le voilà qui surgit dans les jardins du domaine familial, en pleine nuit… pour l'emmener avec lui ! Prête à tout pour échapper à son destin, et même à oublier que Crete l'a jadis abandonnée, elle accepte de le suivre…

Un contrat si tentant, de Melanie Milburne - N°4522

« Cet argent est à toi si tu acceptes d'être ma femme pendant six mois. » Médusée, Élodie écoute Lincoln Lancaster poser les conditions d'un contrat hors norme. L'homme qui a toutes les raisons de la détester est aussi le seul capable de l'aider à créer sa propre marque de vêtements ! Si elle est pressée de tourner le dos à sa carrière de mannequin lingerie, qui lui a valu une réputation scandaleuse, Élodie peut-elle pour autant faire confiance à Lincoln ?

Un château pour refuge, de Kali Anthony - N°4523

Mis au ban de la haute société italienne, le comte Stefano Moretti s'est muré dans son château, résolu à réparer les torts qui ont ruiné le nom de sa famille. L'arrivée inopinée d'une voyageuse n'est donc pas une distraction qu'il peut se permettre ! Pourtant une tempête de neige fait rage, et Stefano n'a d'autre choix que de proposer l'hospitalité à la douce Lucy. Tandis que le froid sévit dehors, la température monte entre Stefano et son invitée…

Un Noël avec lui, de Donna Alward - N°4524

En cette veille de Noël, l'hôtel Sandpiper s'est paré de lumières. L'atmosphère y est féerique, et c'est un plaisir pour Tori d'y travailler chaque jour. Du moins, jusqu'à ce que Jeremy Fisher y fasse irruption un beau matin. Cet homme, avec lequel elle a vécu une idylle passionnée quatre mois plus tôt, a gardé le pouvoir de la troubler d'un seul regard. Or, s'il ne lui a jamais rien promis d'autre qu'une liaison sans engagement, il est maintenant sans le savoir le père du bébé qu'elle attend…

Exquises nuits d'hiver, de Dani Collins - N°4525

La résolution de Becca pour le nouvel an ? Divorcer ! Voilà quatre ans qu'elle n'avait pas remis les pieds au Canada, dans le chalet où Donovan et elle se sont tant aimés. Se retrouver au milieu des montagnes scintillantes de flocons, avec lui, la bouleverse. Tandis que les souvenirs refont surface, le désir renaît entre eux, plus vif qu'autrefois. Un désir qu'une tempête de neige les invite bientôt à explorer, encore et contre toute raison...

Neuf mois de séduction, de Cathy Williams - N°4526

Depuis l'enfance, Jessica éprouve pour son ami Curtis bien plus que de la tendresse. Un regard de lui suffit à la bouleverser tout entière. Jamais elle n'aurait dû accepter de l'accompagner à un mariage à Courchevel pour jouer le rôle de sa petite amie. Quatre jours – et quatre nuits – passés ensemble dans un palace entouré de neige leur ont fait perdre la raison. Et Jessica doit maintenant en assumer les conséquences...

Passion à Paris, de Liz Fielding - N°4527

Autrefois, Chloé a follement aimé James Harrington. Dans ses bras elle a oublié le destin tracé pour elle par sa famille. Durant quelques mois, leurs cœurs ont battu à l'unisson tandis qu'elle connaissait auprès de lui un bonheur sans nuages. Quel choc de le retrouver aujourd'hui à Paris, la ville illuminée pour Noël qu'ils avaient rêvé de visiter ensemble ! S'ils se sont séparés dans des circonstances douloureuses, Chloé ne peut s'empêcher de se demander si ces retrouvailles inattendues ne sont pas l'occasion pour James et elle de s'offrir une seconde chance...

L'enfant secret d'une innocente, d'Elisa Marshall - N°4528

SÉRIE : *LES MILLIARDAIRES DE GREY MANOR* - 1/3

Il a... un fils ? Sous le choc, Estéban Samaras tente d'assimiler la nouvelle. Dix ans plus tôt, tandis qu'il fuyait Grey Manor avec ses frères, son premier amour, la douce Anna, l'a trahi en renonçant à le suivre. Et voilà qu'il découvre qu'elle a eu un enfant de lui ! Bouleversé et furieux, il se résout à quitter la Grèce et son île pour retourner dans le village où ils se sont aimés, avec deux objectifs en tête : revendiquer sa paternité et exiger d'Anna qu'elle honore enfin la promesse qu'elle lui a faite jadis de l'épouser !

L'héritière d'un scandale, de Joss Wood - N°4529

SÉRIE : *SCANDALE EN AFRIQUE* - 3/3

Lorsque Roisin découvre qu'elle est l'unique héritière des richissimes Tempest-Vane, elle panique. Institutrice en maternelle, elle ne connaît rien au monde dans lequel elle est brusquement projetée ! Que faire de cette fortune, de toutes ces propriétés tombées du ciel ? Un élément de réponse lui arrive quand Muzi Miya-Matthews, le meilleur ami de son frère, se propose de lui racheter le vignoble de Saint-Urban. Si elle est soulagée à l'idée de vendre une partie de ses biens, elle se méfie. Quel secret recèlent donc ces terres pour que le milliardaire s'y intéresse en particulier ?

Dans les bras de Dante King, de Louise Fuller - N°4530

Marchande d'art, Talitha de Sainte-Croix Hamilton est fière d'avoir été choisie pour conseiller un grand collectionneur. Ce qu'elle ignore encore, c'est que le milliardaire secret n'est autre que Dante King. Dante, qu'elle a aimé avec passion autrefois avant de comprendre qu'il se servait d'elle et de son nom ! Furieuse de ne pas être immunisée contre le charisme de son ex-fiancé, Talitha se résout néanmoins à travailler avec lui…

Amoureuse de son amant, de Chantelle Shaw - N°4531

Un petit secret honteux. Voilà tout ce que Marnie est aux yeux de Leandro Vialli, elle en est persuadée. Car, s'il se montre particulièrement passionné en tant qu'amant, il devient froid et distant dès qu'ils quittent la chambre à coucher. Jamais le richissime homme d'affaires ne la convie aux soirées mondaines auxquelles il assiste. Jamais il n'évoque l'avenir avec elle. Or, si Marnie a accepté d'être sa maîtresse pendant un an, il n'est désormais plus question pour elle de se contenter de ce rôle humiliant. Non seulement parce qu'elle aime Leandro depuis le premier jour, mais aussi – et surtout – parce qu'elle attend aujourd'hui un enfant de lui…